ÉLOGE

DE

FRANÇOIS QUESNAY.

ÉLOGE

DE

FRANÇOIS QUESNAY.

Qui princeps, vitæ rationem invenit eam;
. . . . Quique per artem
Fluctibus è tantis, vitam, tantisque tenebris,
In tam tranquillâ, & tam clarâ luce Locavit.

LUCRET. de Rér. Nat. Lib. v.

Ce fut lui le premier qui trouva ce principe de moralité, & dont la sagacité tira la vie humaine des ténèbres de l'ignorance & des fluctuations de l'opinion pour lui donner une assiette fixe & invariable, sous l'empire de l'évidence.

LUCRÉCE dans son Poëme de la Nature, Chant V.

A LONDRES;

Et se trouve à PARIS,

Chez DIDOT le jeune, Libraire, Quai des Augustins.

MDCCLXXV.

ÉLOGE

DE

FRANÇOIS QUESNAY.

CE fut une loi de la sage Egypte de demander compte à chaque homme du dépôt de la vie qu'il avoit reçu des Dieux; les avantages de la naissance & de la fortune n'entroient point dans cet examen; ce peuple philosophe ne faisoit point un mérite aux hommes de ce qui ne dépend pas d'eux : on ne demandoit point à un Egyptien, aux bords du lac Achéruse, s'il avoit été grand & puissant, mais s'il avoit été bon & utile; & les vains honneurs du sépulchre étoient le triste prix de sa vertu (1).

Hérod. lib. 2. Diod. Sic. lib. 1.

(1) La vertu, dans son sens le plus étendu, est la

Les anciennes nations iſolées, ſans rapports entr'elles, privées de cet art précieux qui ſemble multiplier les penſées des hommes par ſa promptitude à les répandre, les anciennes nations ne décernoient que de petits prix à de grandes vertus : des palmes plus nobles, mais un jugement plus redoutable encore attendent aujourd'hui l'homme animé du déſir de la gloire. Son Juge eſt la ſociété générale des nations éclairées, & l'impartiale poſtérité. C'eſt ce Tribunal ſévère qui, peſant les actions & les penſées des hommes, les voue à l'oubli ou à la célébrité, ſelon qu'ils furent ou inutiles ou vertueux : c'eſt devant ce Tribunal impoſant que nous allons faire l'examen d'une vie qui fut pleine. Hiſtoriens ſi nous paroiſſons rentrer dans le genre des panégyriſtes, nous ne nous en défendrons pas, c'eſt le propre de l'homme de bien, que ſon hiſtoire ſoit ſon éloge.

Un des plus beaux ſpectacles & des

---

pratique conſtante de la Juſtice, & la Juſtice eſt la conformité habituelle de nos actions à l'utilité commune.

moins obſervés peut-être, c'eſt la marche de la nature dans la formation des hommes de génié : prodigue dans ſa magnificence, elle sème avec profuſion les germes des talens comme les graines des plantes, & les uns & les autres ne lèvent que dans un petit nombre de circonſtances. La foule d'une grande ville, ſes diſſipations, ſes devoirs, peut-être même le luxe des connoiſſances, & la multitude des matériaux de l'étude étouffent ces germes délicats ; comme l'ombre des forêts fanne & sèche les jeunes tiges qui naiſſent en abondance des glands que le chêne a ſecoué de ſa tête ſuperbe. Nos jardins ne produiſent que des fleurs inutiles & adultérées ; c'eſt dans les montagnes & ſur les rochers que naiſſent les vulnéraires odorants. L'homme que la nature élève dans le ſilence & la ſolitude, croît comme elles ſous l'influence bénigne de l'œil du monde.

Dans la Société, prévenu par une multitude d'effets qui ſe ſuccèdent & ſe multiplient ſans laiſſer le tems d'en rechercher les causes, l'esprit s'accoutume à une sorte de paresse; il jouit de tout & ne connoît rien; il suppose & n'observe pas; la marche de la nature lui est dérobée, les plus simples procédés des arts lui sont étrangers; sa sensibilité s'émousse, il ne contracte dans le choc des passions & des intérêts, qu'une vaine politesse, vrai mensonge des mœurs, masque séduisant de la bienveillance universelle. Chaque jour altère le type que la nature imprime à l'individu, il en résulte pour toute l'espèce un caractère uniforme; nous naissons originaux & nous mourons copies (1).

Mais à la campagne, l'homme livré à lui-même est tout entier à la nature; ses idées moins pressées sont moins confuses, elles ont le tems de se développer: obligé de s'interroger lui-même, il s'accoutume à se rendre compte; spectateur du grand cercle des révolutions naturelles, des fins

(1) *Naturâ de nobis conqueri debet & dicere: quid hoc est? Sine timoribus vos genui, sine superstitione, sine perfidiâ cæterisque pestibus; quales intrastis exite.* Sénec. Ep. 22.

de la nature & de ſes moyens ; il prend ſans s'en appercevoir l'habitude de l'ordre & des proportions, qui dans chaque art ſemblent être le ſecret de la nature, & ſon moyen unique pour arriver à l'harmonie univerſelle. Loin des grands intérêts, il eſt exempt des grandes paſſions ; ſon cœur inagité s'ouvre aux ſentimens naturels, à cet amour des hommes qu'on ne peut conſerver peut-être que loin d'eux dans toute ſon intégrité. S'il porte en lui-même l'étincelle du génie, la douce contemplation ravira ſon cœur, & ſon eſprit tourmenté par une inſatiable curioſité, lui fera ſans ceſſe éprouver le beſoin de ſentir & de connoître.

L'ignorance eſt l'état naturel de l'homme ; l'inquiétude ou la tranquilité dans cet état paſſif fait la ſeule différence de l'homme vulgaire à l'homme de génie : celui-ci eſt le chef-d'œuvre de la nature, elle ne le prodigue pas. Etendue de conception, ſagacité, fineſſe de perception, en un mot le don de l'eſprit, c'eſt le premier préſent qu'elle fait à celui qu'elle favorise; don fragile que les circonstances peuvent développer ou détruire. L'esprit est un instrument applicable à tout, le hazard, cette suite de causes & d'effets que nous n'avons pas disposé nous mêmes, en le plaçant dans certaines circonstances, va décider de son genre & fixer son talent. Le goût presque toujours déterminé par les premieres habitudes, auxquelles se joint malgré nous un sentiment tendre de souvenir; le goût en le renfermant *dans une espèce*, la lui rend plus familiere & lui prépare des succès supérieurs : de-là cette opinion presque générale des dispositions naturelles, & de cette sorte de vocation particuliere que la nature ne donna jamais. L'homme d'esprit même est dans les mains de la nature comme le bloc dans celle du statuaire.

Si les circonstances le favorisent, *si la science enrichie des dépouilles du tems ouvre devant lui son livre immense*, il brillera par des talens immortels, au barreau, sur le theâtre ou dans le cabinet solitaire de l'homme instruit & sensible;

dont il charmera l'oisiveté laborieuse ; mais si la nature marâtre ou plutôt aveugle, en lui donnant les germes du talent lui refuse les circonstances propres à les faire éclore ; ignoré du monde entier & de lui-même, il poussera des sillons pénibles *avec des mains dignes de porter le sceptre, ou de toucher la lyre d'Apollon : ainsi mille pierres précieuses sont renfermées dans les sombres cavités des montagnes, mille fleurs naissantes répandent dans les déserts une odeur embaumée.*

Voy. l'Elégie sur un Cimet. de Camp. de Gray, trad. de l'Ang.

Il n'en est pas ainsi de l'homme de génie ; à quelque classe qu'il appartienne, dans quelque rang que le hazard l'ait fait naître, sur le trône comme Charlemagne, ou parmi les derniers Artisans comme Mahomet ; son sort est de changer la face du monde, de l'instruire ou de le gouverner.

L'homme ordinaire s'agite péniblement dans les détails de la vie ; héritier méconnoissant & inactif des actions & des opinions de ceux qui l'ont précédé, il jouit du bienfait de leurs découvertes, ſans ſonger à les accroître, & des circonſtances favorables où il ſe trouve, ſans oſer concevoir la poſſibilité de les développer; la nature eſt pour lui ſans mouvement & l'eſprit humain ſans action : ſemblable à cet inſecte éphémère qui deſtiné à une exiſtence de quelques heures, ignore également & la marche du ſoleil qui l'éclaire & la nutrition de l'arbre ſur lequel il ſe repoſe. Mais l'homme de génie ne peut ſe renfermer dans ces détails qui abſorbent les autres hommes : un horizon immenſe s'offre à ſes yeux ; l'origine, les progrès, l'état actuel des opinions & des circonſtances occupent ſes regards, & dans le lointain ſon œil d'aigle découvre ce qu'il peut encore ajouter à la ſomme des connoiſſances les plus ſublimes ou des entrepriſes les plus hardies.

Le génie eſt l'eſprit qui généraliſe & qui met en ordre; l'inquiétude dans l'ignorance, la méthode dans les connoiſſances forment ſon caractère propre. Forcé par ſa nature même d'embraſſer une vaſte carriere, il saisit les rapports les plus éloignés, il les compare & se rendant maître de toutes les vérités de détail, il les ramène à un tronc commun, à une vérité mere, ce principe unique & nécessaire de chaque science : pour le génie universel qui régit le monde, la nature elle-même n'est sans doute qu'une grande vérité.

Entraîné par une force irrésistible, l'homme de génie n'est pas libre de se refuser aux vues de la nature (*). Les obstacles se multiplieroient en vain, dénué de tous secours il forgeroit lui-même l'instrument de ses connoissances. Le hazard des circonstances ne conserve sur lui d'empire que celui de déterminer le genre de ses méditations ; ainsi la pomme qui tomba sous les yeux de Newton (1), donna naissance au systême de la *gravitation*

(*) *Natura quam nos sequimur inviti quoque!* Térent.

(1) Newton étant assis dans un verger où il méditoit profondément, une pomme se détacha & tomba à ses pieds ; ce phénomène très-ordinaire & très-inobservé, germa dans la tête du Philosophe, & ses réflexions produisirent son systême sur la pesanteur.

universelle, & peut-être devons-nous le systême de *l'économie politique* au hazard qui plaça dans les champs l'enfance de *Quesnay* (parlons le langage de la postérité, nous le sommes déja pour lui).

La nature fit les premiers frais de son éducation, & s'il conserva toujours une raison ferme & un jugement sain & vigoureux, il le dut sans doute à l'avantage d'avoir formé son entendement avec lenteur, n'y admettant rien qu'il n'eût présenté d'abord à la *touche* de l'examen; cette marche de l'esprit est bien contraire à l'éducation commune qui entassant dans la mémoire des élèves plutôt que dans leur jugement les opinions des hommes avec la sanction de l'autorité, les accoutume à recevoir indifféremment & sans discussion la vérité ou le mensonge. La nature l'avoit placé au point où Descartes s'efforçoit de se mettre quand il vouloit tout oublier pour tout rapprendre.

Il s'élevoit ainsi lui-même sous les yeux de parents simples, qui prodiguant sa jeunesse aux détails les plus communs de l'économie rustique, étoient bien loin d'imaginer que ce jeune homme qui a seize ans, ne savoit pas lire, seroit un jour distingué parmi les Membres les plus célèbres de l'Académie des Sciences ; qu'il donneroit à la morale ce degré d'évidence qu'on ne croyoit propre qu'aux sciences physiques & qui l'établit aujourd'hui sur les ruines des erreurs & des sophismes de tous les tems (*). C'étoit Scipion qui naissoit pour la perte de Carthage.

Quesnay livré à sa propre impulsion, observoit sans cesse, mettoit ses idées en ordre, lioit ses observations, & s'efforçoit de les ranger en systême : le génie ne connoit de peine que l'ignorance, & de fatigue que le repos. *La maison rustique* lui étoit tombée entre les mains, l'avidité de savoir lui fit apprendre à lire presque sans maître. Instruit par son expérience & ses méditations sur tous les procédés de la culture, sur ce qui favorise

---

(*) *Hic erit Scipio qui in exitium Carthaginis crescit.*

Vellei. Paterc.

ou arrête ses effets, sur les conditions qui peuvent annoblir & assurer l'état du cultivateur, sur la cause physique de la subsistance des nations qui est celle de leur formation & de leur maintien ; peut-être s'éleva-t-il dès-lors de résultats en résultats jusqu'à la connoissance des premieres loix de l'ordre naturel ; ainsi *Pascal* avoit découvert lui seul les premiers élémens de la géométrie.

Eclairé sur les vérités morales, & dont les germes furent alors déposés dans son esprit ; peut-être ne manqua-t-il à Quesnay pour les produire que la maturité d'un esprit philosophe, & cet usage de la vie qui apprend à ne pas s'effrayer de trouver son opinion en contradiction avec les coutumes & les opinions communes ; en effet, s'il se trouve un petit nombre de penseurs distribués sur la suite des âges, le reste des hommes *se laisse entraîner par troupe, non pas où il faut aller*, dit un Philosophe, *mais où l'on va* (*).

(*) *Pergentes pecorum ritu, non quò eundum est, sed quò itur.* SÉNEC. De vitâ beatâ.

Cependant

Cependant une immenſe curioſité fatiguoit ſon ame; déja aidé d'un Chirurgien du village d'Ecquevilly & du petit nombre de livres qu'il pouvoit ſe procurer, il avoit appris preſque tout ſeul le latin & le grec, & fouillé ce cahos obſcur d'opinions antiques & modernes que nous nommons la philoſophie ; étude ſtérile pour qui ne ſeroit pas déja philoſophe. Celui qui fut aſſez raiſonnable pour demander à Dieu la ſageſſe, l'avoit ſans doute obtenue d'avance.

Sa propre réflexion l'avoit élevé à ce petit nombre de vérités abſtraites qui ſont à la portée des hommes; il ne reſtoit plus à Queſnay qu'à confronter la nature avec la ſociété, & à prendre ſa place dans le monde. Ses parens auroient voulu concentrer ſes déſirs & ſes vues dans le cercle étroit de leur fortune & de leurs habitudes : c'eſt le malheur des hommes qui pour l'ordinaire entrent prématurément dans la ſociété, d'en accepter les charges ſans ſavoir ni ce qu'ils prennent, ni ce dont ils ſont capables. L'autorité, l'orgueil ou le caprice dictent à l'inexpérience un choix dont les moindres inconvéniens ſont les dégoûts de l'incapacité ; fruits amers & dangereux du double préjugé qui claſſant les hommes & les emplois ſans égard aux talens & à l'utilité reſpective, laiſſe à la fortune la liberté de faire les plus bizarres & les plus faux aſſortimens. Queſnay fut ſouſtrait à ce danger, ſon ame étoit faite avant ſon état, & le préjugé lui permettoit de ſuivre une profeſſion qu'il devoit un jour rendre ſi noble. Un goût vif l'y portoit : il avoit entrevu les rapports de la Chirurgie avec toutes les branches de la phyſique ; dans l'étude des ſciences c'eſt la meſure de ſon eſprit que chacun trouve, & jamais celle de la nature. Il triompha donc de l'oppoſition de ſa famille, mais bien-tôt le Chirurgien d'*Ecquevilly* ne ſe trouva plus en état de ſuivre ſon élève ; celui-ci avoit compoſé quelques cahiers ſur ſes lectures, ſon maître qui étoit venu ſolliciter d'être admis au collège de Saint-Côme, osa les présenter comme de lui, & fut reçu avec applaudissement. A ce signal d'encouragement Quesnay se rendit enfin justice, il vint à Paris achever les études profondes auxquelles il s'étoit dévoué, & recevoir la maîtrise (1).

Plusieurs années s'étoient écoulées pour lui dans la pratique de son art, & dans le travail rare, pénible & peu apprécié de digérer ses idées & ses observations pour en former des théories : laborieuse mais enchanteresse occupation du sage, qui l'arrache à tout & ne lui laisse de regret sur rien; & peut-être la volupté paisible de cet état méditatif, le cachoit-elle pour long-tems à *Mantes* où il avoit fixé son établissement, quand un concours de cir-

(1) Il lui étoit tellement impossible de ne pas apprendre tout ce qui se trouvoit à sa portée, qu'étant logé, à son arrivée à Paris, chez le Pere du célèbre *Cochin*, Graveur, il apprit le dessin & la gravure : cette occupation le délassoit souvent de ses études, il a gravé tous les os du corps humain, un grand nombre de sujets, & M. *Hevin*, son gendre, a entre les mains plusieurs de ces morceaux estimés des Connoisseurs.

conſtances rares & heureuſes vint le dérober à ſon obſcurité pour le mettre à ſa place.

Un grand homme, ſi les vertus paiſibles & les talens utiles portés à un haut point de perfection peuvent partager ce titre avec les qualités bruyantes & pernicieuſes qui l'ont uſurpé; un grand homme la Peyronnie étoit alors à la tête de la Chirurgie; plein de l'amour de ſon art qu'il avoit étudié en homme ſupérieur, & dont ſes découvertes avoient reculé les bornes (1), il méditoit un projet utile au public, avantageux à l'art & glorieux à ſon Auteur; c'étoit l'établiſſement de l'Académie de Chirurgie. Il lui falloit des Coopérateurs, & il en cherchoit par-tout. *Garengeot*, Chirurgien eſtimé & plein, comme lui, de l'enthouſiaſme de ſa profeſſion, le ſervoit dans cette recherche avec toute la bonne foi d'un homme qui

(1) On doit à la Peyronnie d'avoir découvert que le corps calleux eſt le ſiége du *Senſorium-Commune*; d'autres découvertes ſur les hernies, les fiſtules, &c. &c. Voy. ſon Eloge à l'Académie des Sciences, année 1747.

n'auroit pas couru la même carriere : il découvrit Quesnay, & ce fut à ce concours de hazards que celui-ci dut une célébrité que sa modestie & son aversion pour toute intrigue lui auroit sans doute refusée, ou qu'au moins elles lui auroient fait long-tems attendre. Quand il faut tant de conditions pour former le talent supérieur, tant de conditions pour le mettre en évidence; tant d'autres pour le préserver de l'intrigue & de l'envie, faut-il s'étonner de le voir si rarement en exercice ? Ainsi lorsque la nature forme le diamant, ce n'est pas assez pour elle de lui avoir choisi une *matrice* de sable ou d'argile, il faut qu'elle filtre lentement ses sucs cristallins, & qu'elle écarte avec précaution les veines métalliques dont il recevroit une teinture altérante.

Sollicité par Garengeot d'écrire sur l'art, pour justifier le témoignage de cet homme juste & généreux, il s'y soumit volontiers: il se présentoit une occasion naturelle. Le Médecin *Silva* venoit de donner un Traité de la Saignée, dont les principes devoient être combattus, Quesnay l'attaqua par une critique qui étoit elle-même un Traité complet. Sa théorie opposée absolument à celle de Sylva (1) fit naître des disputes

(1) Sylva ne faisant pas attention à la contractibilité de la membrane artérielle, considéroit le sang comme les fluides ordinaires qui coulent dans des canaux absolument passifs : il croyoit être maître de le détourner d'une partie en ouvrant la veine dans une partie opposée ; ce qu'il attribuoit à la dérivation qu'il croyoit beaucoup plus considérable que la révulsion : c'étoit une erreur, puisque la dérivation & la révulsion doivent être égales entre-elles étant l'une & l'autre en raison de l'évacuation.

Les effets de la saignée se bornent à l'évacuation, la spoliation & la dimotion.

Au moment de l'évacuation, il se fait un resserrement dans la membrane artérielle toujours proportionné à la diminution du liquide, ensorte qu'après la saignée les vaisseaux restent aussi pleins que devant ; effets de la contractibilité de la membrane & de la pression de l'air.

On n'avoit expliqué jusque-là les effets de la saignée que par ce vuide qu'on croyoit qu'elle laissoit dans les vaisseaux ; mais comment une saignée, qui ne tire pas un cent cinquantieme de liquide, peut-elle causer des effets sensibles & durables ? pourquoi neuf ou dix saignées décolorent-elles toutes les chairs comme on le voit dans la dissection d'un tel sujet, quoiqu'il n'y ait qu'une très-petite déperdition de la masse des humeurs ? pourquoi la saignée affoiblit-elle plus que les autres évacuations, & ne peut-elle être suppléée par celles-ci ? Tout cela s'explique par ce

dont l'effet fut de répandre sa réputation & de servir à sa fortune. La Peyronnie

---

qu'il appelle la spoliation, terme nouveau qui exprimoit une idée plus neuve encore; c'est-à-dire par la diminution de la partie rouge du sang, qui, proportion gardée, est enlevée dans une plus grande quantité que les autres humeurs. Cette assertion se prouve par des calculs, dont il résulte qu'en tirant le vingt-septieme de la masse du sang, on ne tire pas le centieme de la masse totale des humeurs. Cette proportion suit progressivement, si les saignées se multiplient; parce que les sucs blancs se reproduisent incessamment, & que la nature ne forme qu'avec lenteur ce sang que la main de l'homme verse si légérement.

La spoliation facilite l'action des membranes artérielles, dissipe leur contraction qui est la cause la plus ordinaire de l'interception du cours du sang dans les capillaires, & rend à ce fluide tout son mouvement de circulation : c'est ce qu'il appelle la dimotion, effet attribué jusqu'alors à ce vuide qu'on supposoit. L'affoiblissement momentané de la saignée est encore une cause de dimotion; dans cet instant le sang est porté des capillaires artériels dans les veines & le cœur, dont l'action vient d'être interceptée, & qui n'envoie plus guère de sang dans les arteres : l'action de ces vaisseaux est fort languissante, ils ne refournissent pas leurs capillaires, le sang reste comme arrêté dans les gros vaisseaux artériels & veineux, & les capillaires des uns & des autres demeurent fort dégarnis : d'où naît la pâleur de la peau.

De cette théorie se déduit naturellement ce petit nombre

convaincu, apperçut en lui l'homme nécessaire à l'établissement de son Académ-

---

de principes pour la pratique : que la saignée favorable aux tempéramens chez qui cette partie rouge abonde, peut être utile jusqu'à un certain point aux tempéramens bilieux ; en ce qu'elle modere l'activité des arteres qui sont aisées à irriter ; mais qu'elle doit être employée très-sobrement dans les tempéramens mélancoliques, où le sang est peu abondant, le jeu artériel fort rallenti ; les humeurs peu élaborées ; qu'enfin, il est extrêmement rare qu'elle convienne aux tempéramens pituiteux, où les humeurs sont crues & glutineuses, les forces languissantes & la bile lente à se former.

Les femmes & les enfans qui, à raison de leur débilité, tiennent beaucoup du tempérament pituiteux, ont les mêmes raisons d'éviter la saignée (*a*). Il en est de même des vieillards ; chez eux l'action organique est rallentie, si on

(*a*) On auroit tort d'inférer de l'évacuation périodique que les femmes sont plus sanguines que les hommes. Elles perdent par-là une grande partie de leur sang & il se régénère plus lentement que chez nous. Une suite de la même prévention faisoit regarder la cessation des règles comme cause des ulcéres à la matrice ; il y a lieu de croire qu'ils viennent de l'acrimonie de l'humeur, & que s'ils ne se manifestent qu'à la cessation des règles, c'est que jusque-là une partie de l'humeur viciée étant rejettée tous les mois, elle n'avoit pas le tems de faire du ravage.

La saignée ne supplée point à cet avantage, elle est insuffisante de même contre les *pertes*, parce que celles-ci viennent d'une acrimonie particuliere : on ne peut l'employer non plus à rappeller les règles dans le cas de dissolution du sang : on ne doit user alors que des martiaux, des analeptiques, des stomachiques & du lait.

mie. Cet homme éternellement fameux dans l'hiſtoire des arts par la révolution qu'il a faite dans la Chirurgie, ne s'occupoit que de ce projet, dont on ne peut ſentir le ſublime qu'en ſe tranſportant aux tems où il enfanta cette idée. Il s'agiſſoit de raſſembler les Chirurgiens en un corps qui fût le dépôt des connoiſſances & le foyer des lumieres. Il avoit compris que dans la réunion de ſes membres épars, l'émulation, mere des ſuccès, animeroit tous les Académiciens ; que l'expérience iſolée de chaque Praticien, qui dans le plus long exercice ne peut produire qu'un petit nombre de faits ſouvent inexacts & mal obſervés ; ſe comparant, ſe critiquant mutuellement, il en réſulteroit une théorie plus ſûre, guide infaillible de la pratique. Cette idée qui réunit tous les ſuffrages aujourd'hui, qu'elle eſt conſacrée par le ſuccès de cinq volumes de Mémoires, où toutes les branches de la Phyſique

---

la relâche encore, les ſucs excrémenteux retenus, deviendront plus âcres. *Voyez* le Trait. de la Saig. par Queſ. an. 1730.

concourent à ennoblir & à éclairer un art qui n'étoit alors qu'un métier. Cette idée dut en ſon tems paroître biſarre & peut-être extravagante : comment tirer la Chirurgie de l'aviliſſement où elle ſe trouvoit ? Confondus dans une claſſe infime d'Artiſans, comment ſe flatter d'élever à l'état d'Académiciens des gens dont quelques-uns ne ſavoient pas lire ? Voilà ce que la Peyronnie avoit oſé concevoir, & ce qu'il a exécuté. En moins de vingt années il a élevé ſon art au plus haut point de perfection où il puiſſe monter ; des talens ſupérieurs s'y ſont formés, & par un bonheur peu commun, il ſemble avoir laiſſé à ſon ſucceſſeur, avec ſa place, ſes vues paternelles pour l'avancement & la perfection de la Chirurgie (1) ; exemple

(1) La Peyronnie par ſon teſtament fit trois parts de ſon bien, dont il donna deux à la Compagnie des Chirurgiens de Paris, & l'autre à celle des Chirurgiens de Montpellier, pour conſtruire un amphithéâtre, & fonder des prix, des Démonſtrateurs royaux & un cours public d'accouchemens.

M. de la Martiniere vient de faire bâtir & orner les ſuperbes Ecoles de l'Académie de Chirurgie.

rare dans nos tems modernes, de deux hommes qui ont consacré leur vie & leur fortune au bien public & au progrès des connoissances. Si l'on doit mesurer son admiration pour les entreprises humaines plutôt sur la grandeur que sur la célébrité de leur plan, si l'on fait attention à la résistance qu'il dut recevoir des préjugés du public, si prompts à se former & si lents à se détruire, de l'ignorance des sujets qu'il vouloit employer, de la mauvaise volonté de quelques-uns; en un mot, de la réunion des obstacles moraux, souvent plus invincibles que les résistances physiques; sans doute la Peyronnie mérite de sa nation une reconnoissance éternelle. L'ancienne Grèce auroit consacré ce bienfait par une statue, un bas-relief où des chiffres entrelassés des serpens d'Esculape, auroient transmis son nom à la vénération des siècles; chez nos nations modernes, la vertu n'a de prix que son exercice même, & le premier hommage rendu à ce Bienfaiteur des hommes hors des Compagnies auxquelles il appartenoit, ce ſont ces fleurs inodores que nous répandons ſur ſa tombe.

Pour l'aider dans une entrepriſe ſi hardie, il lui falloit un homme dont les vues fuſſent profondes, le courage infatigable, le zèle du bien public ardent & à l'épreuve de tout dégoût, & qui familiariſé avec l'idiome propre à chacune des ſciences qu'on alloit cultiver, fût l'interprète de toutes, & le Rédacteur commun de tous les Mémoires : en un mot, un Secrétaire de l'Académie; & cet homme fut Queſnay. Il n'y avoit alors que trois Maîtres qui donnaſſent le mouvement & la vie à cette maſſe inerte, Queſnay, la Peyronnie & Maréchal, Seigneur de Biévre, qui l'avoit précédé dans la charge de Premier Chirurgien du Roi.

Le premier volume des Mémoires parut, les Gens de Lettres admirerent la préface, le public apprit à meſurer ſon opinion, & les Chirurgiens eux-mêmes étonnés & ravis, oſerent concevoir cette eſtime de ſoi-même, premiere condition pour obtenir celle d'autrui.

Il contenoit plusieurs Mémoires du Secrétaire qui sont encore une des plus précieuses parties de cette riche collection. Le premier avoit pour objet *le vice des humeurs*. C'étoit le germe d'un traité qui embrasse presque toute la thérapeutique; aussi ce sujet immense présenté sommairement alors, produisit-il dans la suite ces traités doctrinaux sur la gangrene, la fièvre, la suppuration, &c. (1) Si Quesnay

(1) Ce premier Mémoire traite. 1°. De l'impureté des humeurs ou de leur analogie, avec les substances hétérogênes qui les rendent vicieuses.

2°. De la dépravation dont les humeurs sont susceptibles par elles-mêmes.

3°. De l'imperfection des humeurs, ou des vices qu'elles peuvent contracter par le défaut des vaisseaux destinés à les former.

C'est à l'aide des impuretés qui se mêlent aux humeurs que la masse de celles-ci peut faire impression sur les solides & y causer du désordre. Elles viennent du dehors, ou sont produites au dedans; si l'on connoissoit leurs causes on pouroit déterminer leur nature; mais la Médecine n'a de prise que sur les effets; on calme la fièvre sans la maîtriser; sa durée s'étend contre tous les efforts jusqu'au tems où la nature elle-même dompte sa cause si le malade à la force de soutenir ce combat. La dépravation des humeurs naît de la stagnation, quand le mouvement artériel est suf-

fut moins original dans les autres, dont les faits avoient été présentés à l'Acadé-

---

pendu : alors livrées au mouvement spontané, elles tombent en fermentation ou en putréfaction. Dans le premier cas elles deviennent vineuses, aigres ou rances ; dans le second, elles sont fœtides, leur sel essentiel devient un alkali volatil, leurs principes se désunissent & elles tombent en dissolution. Ces deux mouvemens diffèrent en ce que les substances qui contiennent un sel acide sont seules sujettes à la fermentation ; c'est la pourriture qui attaque communément celles qui contiennent un sel alkalin.

Les imperfection des humeurs mal formées par le jeu des vaisseaux, se réduisent à la crudité, à la perversion & aux vices de consistance.

La crudité vient de la foiblesse des organes insuffisans pour travailler les sucs chyleux, démêler les différentes substances dont se forment les humeurs, exciter la chaleur nécessaire à leur coction, & chasser les sucs excrémenteux ; ce genre d'imperfection ne les rend pas tout-à-fait nuisibles dans l'économie animale : ces humeurs peuvent encore être conduites à leur perfection ; il n'en est pas de même de celles que l'action excessive des vaisseaux a altérées : les graisses, les sucs albumineux & les excrémens salins sont plus exposés que les autres à ce genre de perversion. La consistance des humeurs pèche par excès ou par défaut, mais plutôt par celui-ci.

Dans quatre Mémoires suivans il entreprend d'éclairer *la pratique*, dans une des branches de la Chirurgie les plus difficiles & les plus importantes, les plaies à la tête ; il y détermine les motifs qui font recourir au trépan, ou qui le font éviter ; les cas où il faut ouvrir le crâne dans

mie, il montra du moins ce que peut l'esprit d'ordre & d'analyse dans la rédaction; comment la sagacité sait lier les observations nouvelles aux principes déja reçus, & les ressources du génie pour en tirer des dogmes nouveaux applicables à un grand nombre de cas qui en sembloient à peine susceptibles. Tant de travaux minoient sourdement une santé déja délicate: la goutte, dont il avoit de fréquens accès, lui fit craindre que sa main ne se refusât enfin à l'exercice de la Chirurgie; il se détermina donc à prendre

---

une grande étendue, les exfoliations du crâne & les moyens de les hâter ou de les éviter: enfin en traitant des plaies du cerveau, il démontre cette assertion également neuve & hardie, que ce viscère lui-même est susceptible d'opération, qui dans un grand nombre de cas peuvent sauver la vie au malade. Il détermine en même-tems les remèdes qui conviennent le mieux pour la cure des plaies qui intéressent cette partie. Une découverte dont nous devons faire honneur aussi à M. Quesnay, c'est celle qu'il oppose à l'opinion acréditée de tous les tems sur les fractures qui s'étendent d'une partie du crâne à l'autre à travers les sutures: il démontre que si l'on peut soupçonner quelque déplacement dans les parties osseuses, il faut trépaner sur les sutures mêmes. *Voyez* Mém. Aca. de Chirur.

l'état de Médecin; ce n'étoit pas changer de profeſſion, il avoit allié dans ſes études toutes les branches de l'art de guérir, & pendant les campagnes du Roi, il avoit ſatisfait aux formalités & reçu le bonnet de Docteur à Pont-à-Mouſſon; une nouvelle raiſon le déterminoit encore, il venoit d'être nommé à la charge de Médecin conſultant du Roi, vacante par la mort de *M. Terray*.

Livré déſormais à la Médecine, une théorie ordinaire n'auroit pas ſatisfait cette ame avide qui ne pouvoit toucher aucun ſujet d'obſervation, ſans chercher à quelle ſcience il appartenoit, pour dreſſer la carte particuliere de cette ſcience, & trouver ſes rapports dans le tableau général des connoiſſances humaines. Son enfance précoce avoit vu dans les détails pratiques de l'agriculture, tout le ſyſtême de l'économie ruſtique. Dans l'étude de la phyſiologie il embraſſa tous les rameaux de l'économie animale; comparant enſuite les vues que la nature ſemble avoir ſur l'homme, les beſoins phyſiques auquels

elle

elle l'a ſoumis, les qualités morales qu'elle lui a données; en un mot l'action de la nature ſur l'homme, & la réaction de l'homme ſur la nature; en les comparant avec les loix qu'elle ſuit elle-même dans la nutrition & la reproduction des végétaux alimentaires. Il en déduiſit le ſyſtême de l'économie politique; la Médecine devint le pont de communication dont ce génie-créateur couvrit l'abîme qui ſéparoit l'humble agriculture des hautes ſpéculations de la politique.

Un principe fécond eſt le réſultat de ſes obſervations pathologiques. La nature eſt l'hygienne (1) univerſelle; c'eſt elle qui bleſſe, & c'eſt elle qui guérit comme cette lance de *Pelias*, dont la rouille cicatriſoit les plaies qu'elle avoit faites. Sa marche eſt uniforme & ſes loix ſont générales: c'eſt à la ſagacité du Médecin de prévoir les cas particuliers, & de ménager des exceptions. La fièvre eſt le moyen

Homere, Illiade.

(1) L'hygienne eſt la partie de la Médecine qui tend à conſerver la ſanté par oppoſition à la thérapeutique qui eſt l'art de guérir.

qu'emploie la nature pour guérir les maladies (1); à l'aide de cette fermentation

(1) M. Quesnay ayant observé que dans la plupart des maladies, sur-tout dans les complications, le Médecin réduit à deviner le mal sur ses apparences, est souvent exposé à confondre la maladie avec ses symptômes; il envisage d'abord l'idée générale de l'homme malade, & de cette généralité il déduit les applications particulieres à la fièvre. La maladie est ou un vice absolu des liquides, ou une lézion grave des parties solides, ou enfin une lézion dans l'action de ces parties.

Trois genres de maux sont le produit de l'état de maladie.

Dans le premier se trouvent les phénomènes essentiels à la maladie : parmi ceux-ci on appelle symptômes ceux qui se manifestent aux sens, & qui par-là sont indicatifs; c'est ce qui les distingue des autres qui sont aussi essentiels à la maladie, mais qui n'ont pas la même propriété de se manifester; il faut aussi ranger dans la même classe les affections symptomatiques, qui quoique produites par la maladie, n'en sont pas cependant des conséquences nécessaires.

Le second genre de mal donne les épiphénomènes : ce sont des affections morbifiques qui accompagnent une maladie sans lui appartenir en propre. Les épiphénomènes d'une maladie sont les symptômes de quelques autres qui s'y trouvent réunies. Il est bien essentiel dans les complications de distinguer chacune de ces espèces, pour saisir les indications qu'elles fournissent, & fixer la conduite du Médecin dans le traitement.

On comprend sous le troisieme genre l'affection morbi-

elle produit une humeur dont l'effet est d'invisquer & de chasser l'*hétérogêne* qui

---

fique, les effets du mécanisme même des maladies : telles sont dans les inflammations & les fièvres la dissolution glaireuse, la coction & les crises qui s'oprent effectivement par le mécanisme même de la maladie, c'est-à-dire par l'action accélérée des artères. Quelquefois ces produits sont salutaires comme la coction & les crises parfaites dans les fièvres; d'autrefois ils sont vicieux & nuisibles comme la dissolution excessive & fort crue dans les péripneumonies. Telle est l'application de ces principes à la fièvre.

La fièvre est une accélération spasmodique du mouvement organique des artères, excité par une cause irritante, & qui augmente excessivement la chaleur du corps. Le froid du frisson ne forme pas objection, car il faut observer qu'alors la lézion de l'action des artères ne consiste pas seulement dans l'accélération de leur mouvement, mais encore dans une contraction spasmodique de la membrane de ces vaisseaux; ce qui bride tellement leurs vibrations, que quoique plus fréquentes, elles ne suffisent pas pour augmenter la chaleur, ni même pour l'entretenir dans son état naturel.

Faute d'avoir fait attention à ces deux mouvemens artériels, l'un d'accélération de pression, l'autre de contraction spasmodique, Boerhaave a cru que dans le frisson le cours du sang étoit ralenti dans les vaisseaux capillaires, & que la chaleur de la fièvre étoit causée par la précipitation du sang que le cœur engorgé rechassoit violemment dans ses canaux.

Les phénomènes de la fièvre sont. 1°. L'augmentation

cauſe le mal : les *redoublemens* & les *relâches* ſont l'appareil chymique que la

---

de vîteſſe, de volume & de force des vibrations du pouls.

2°. L'accélération de la circulation.

3°. L'excès de chaleur.

4°. La grande raréfaction des humeurs, l'agitation exceſſive de leurs molécules & l'action intrinſeque de la chaleur dans leurs parties intégrantes.

Ces phénomènes ſont eſſentiels à la fièvre, & ne peuvent ſe ſéparer de ſon mécaniſme, quand il n'eſt point troublé par d'autres affections morbifiques ; ce ſont donc véritablement des ſymptômes. Il eſt important d'obſerver qu'il y a une autre ſorte de chaleur qui naît de l'acrimonie de certaines ſubſtances mêlées aux humeurs. Boerhaave avoit abſolument ignoré la nature de cette ſeconde chaleur, comme on peut s'en convaincre par la lecture de ſes Aphoriſmes.

Cette vue générale que les ſymptômes ſont des phénomènes ſenſibles & inſéparables de la maladie, donne un inſtinct sûr pour diſcerner promptement & infailliblement les eſpèces des maladies.

Les Médecins qui n'avoient pas ce principe, ont cru que les ſymptômes des fièvres varioient avec les fièvres mêmes, & ils ont rangées celles-ci par familles ; mais leur claſſification étoit idéale, la fièvre ſimple n'a que le petit nombre de ſymptômes dont nous avons parlé.

Les affections ſymptomatiques ſont la ſoif, la sécheresſe, les délires, les douleurs. Ces affections ſont cauſées comme la fièvre elle-même par l'acrimonie de quelque matiere dépravée retenue dans les premieres voies ; & leurs effets varient ſuivant les qualités, la quantité de ces

nature emploie à cette *coction*, dont le dernier degré procure la *crise*. Dans les autres maladies & dans les blessures la nature suit la même marche ; elle procède par *l'inflammation* & la *supuration*, qui sont *l'humeur visqueuse & la fièvre locales* (1). La gangrène est la nature vain-

---

matieres âcres, suivant qu'elles se dispersent dans la masse des humeurs ou qu'elles se fixent dans certaines parties ; mais toutes ces variétés se réunissent toujours à quelque spasme irritant & convulsif que nous nommons la fièvre.

Les Epiphénomènes, c'est-à-dire les affections morbifiques qui peuvent se trouver avec la fièvre, mais sans en dépendre, & dont l'effet au contraire est de s'opposer à son mécanisme, sont les contractions, la foiblesse, les irrégularités du pouls, les angoisses, la débilité, les agitations du corps, les douleurs vagues & le délire.

Voyez les Dévelop. & les preuv. dans le Trait. des fièvres 1753.

(1) Il arrive souvent dans nos humeurs des changemens qui les dénaturent ou leur enlève au moins leurs qualités principales : lorsqu'ainsi défigurées elles sortent par une solution de continuité, elles prennent le nom de supuration, & c'est le caractère qui les distingue de celles qui sortent par une semblable issue sous leur forme naturelle. Si ne pouvant trouver passage elles s'amoncellent dans une partie intérieure, cet amas s'appelle un abscès ; si elles sont dispersées dans les vaisseaux d'une partie, & chassées par des issues naturelles, on donne à cette

eue par le mal, quand différentes cauſes ont empêché les effets ſalutaires de l'in-

---

diſperſion & expulſion le nom de réſolution. Il y a deux eſpèces de ſuppurations purulentes, celle des ſolutions de continuité qui ſe forme ſans inflammation, & qui paroît n'être fournie que par un écoulement d'humeur, & celle des abſcès qui eſt toujours précédée d'inflammation. Le pus n'eſt produit ni par le mouvement ſpontané, ni par l'impureté des humeurs, mais par l'action organique des vaiſſeaux.

On avoit cru avant M. Queſnay que l'inflammation ne produiſoit du pus que quand elle étoit ſuivie d'abſcès ou d'écoulement purulent remarquable. C'étoit une erreur, car on voit des échymoſes ſe terminer par réſolution, or le ſang eſt plus épais que le pus.

L'humeur purulente a différentes façons d'agir après ſa formation, & c'eſt où l'art devient néceſſaire. Les loix générales ſont de la nature, & les applications particulieres tiennent à l'intelligence de l'homme.

Dans le cas de réſolution, l'humeur purulente ſe diſperſe dans le tiſſu cellulaire, & regagne les voies de la circulation. Dans la ſuppuration elle s'ouvre des voies ſenſibles pour s'échapper, où elle ſe creuſe dans le tiſſu cellulaire même une capacité qui la loge ſous la forme d'abſcès; dans ces deux cas elle enveloppe & entraîne avec elle l'âcre fronçant qui allumoit l'inflammation; mais ſi l'inflammation diſparoit avant d'avoir produit ſuffiſamment d'humeur purulente pour inviſquer l'hétérogêne, celui-ci reſte cru & en état de cauſer des ravages, c'eſt ce qu'on appelle la déliteſcence. Il y a encore deux accidens graves à évi-

flammation. Quelle attention ne faut-il donc pas dans le Médecin pour favoriser

---

ter, l'endurcissement & la gangrènne ; l'un arrive quand l'humeur qui filtre dans les parties glanduleuses, s'y fixe & s'y durcit ; l'autre quand sa malignité étant plus forte que l'inflammation, elle éteint celle-ci tout-à-fait, en éteignant la vie de la partie enflammée.

C'est à l'art à observer la marche de l'humeur, & à juger les cas où il faut s'opposer à la suppuration, & ceux où il faut la procurer & l'aider.

La résolution est la terminaison la plus favorable, elle convient sur-tout dans les érésipèles.

La résolution est aussi à désirer dans les inflammations internes ; mais elle est à craindre dans les inflammations malignes extérieures, car alors l'hétérogêne rentrant dans la masse des humeurs, peut se déposer intérieurement, & c'est un accident sans remède.

Pour amener la résolution il faut combattre l'inflammation & dissiper l'œdème purulente qu'elle produit, ce qui se fait par des remèdes généraux & des topiques ou répercussifs ou relâchants.

Si la nature l'emporte, & malgré le Médecin mène la tumeur à suppuration, alors qu'il la suive & qu'il l'aide ; mais on ne peut conduire à ce but une inflammation foible & languissante, qu'en l'augmentant & la ranimant par des topiques actifs & irritans. Une inflammation violente au contraire n'a besoin que d'un procédé qui facilite l'extravasation dans le tissu cellulaire, en attendrissant la substance de ce tissu. Souvent on a ces deux indications à remplir, & il faut user de remèdes qui réunissent ces deux

ou arrêter les opérations aveugles d'une nature insensible qui suit rigoureusement ses loix (*) générales (1).

---

propriétés. Ce qui prouve évidemment l'imposture & le danger de l'empirisme qui attribue absolument & indépendamment aux remèdes une faculté curative qu'ils ne peuvent avoir par eux-mêmes, & à laquelle les circonstances les rendent propres ou contraires. Quand l'abscès a fait son effet, il faut favoriser le dégorgement, empêcher le dessèchement des chairs, &c. *Voyez* les détails ou Trait. de la Sup. 1749.

(*) *Nescia... humanis precibus mansuescere corda !*

Virgil.

(1) La gangrène est la mort d'une partie, c'est-à-dire l'extinction de tout mouvement organique dans cette partie. On l'avoit confondu avec la pourriture, parce que celle-ci l'accompagne quelquefois, & que ses progrès étonnans avoient l'apparence d'une contagion putride : d'ailleurs la couleur noire ou plombée de la partie gangrénée, la mollesse œdémateuse & les phlictaines prêtoient à cette erreur. *Paré* a distingué ces deux états. La dissolution putride & l'odeur cadavéreuse sont les vrais signes de la pourriture. La gangrène peut se confondre avec un état où l'action organique est tellement empêchée qu'elle ne s'apperçoit pas : cette partie reste sans mouvement, sans chaleur, sans sentiment, & les chairs sont macérées au point qu'elles se déchirent.

La gangrène humide differe de la sèche par l'engorgement, c'est-à-dire, par l'abondance des sucs arrêtés dans la partie qui tombe en mortification ; c'est le caractère de

Le moment est enfin arrivé de rassembler les pièces désunies du systême

---

la gangrène humide, & c'est ce qui la rend si susceptible de pourriture.

Il y a neuf causes de gangrène :

La contusion.	La morsure des animaux venimeux.
La stupéfaction.	L'inflammation.
L'infiltration.	La congélation.
L'étranglement.	La brûlure & la pourriture.

Parmi les causes on doit faire une attention particuliere à *la contusion* & *à la stupéfaction.*

Dans la contusion le froissement des chairs affoiblit & détruit le ressort & *l'action organique* des vaisseaux, alors ces parties doivent être regardées comme mortes ; leur substance écrasée est devenue spongieuse, & se laisse pénétrer & remplir excessivement de sucs, ce qui cause une sorte d'engorgement qui survient à la mortification & qui toujours la caractérise ; alors elle devient une gangrène humide, & c'est le seul cas où l'engorgement succède à la gangrène.

La contusion est souvent accompagnée d'une *commotion* qui s'étend quelquefois fort loin dans les nerfs, & les secoue si rudement qu'elle en dérange la substance médullaire, rallentit ou interdit le mouvement des esprits ; la stupeur qui en résulte est si considérable, que non-seulement elle livre les chairs mortifiées sans défense aux sucs qui les engorgent, mais souvent elle détruit ou suspend l'action des vaisseaux dans toute la partie blessée ; souvent la commotion s'étend beaucoup plus loin, & dans les

général de ses connoissances : le cours de ses observations est complet, l'étude

---

coups violents, tels que les blessures du canon, on a vu la stupeur s'étendre jusqu'au cerveau & troubler le systême entier.

On a cru pendant long-tems, & c'étoit l'opinion de *Boerhaave*, que la gangrène ne survenoit qu'à la suite des inflammations qui avoient atteint le dernier degré. M. Quesnay établit le contraire de cette proposition qui a été bien meurtriere. Il est vrai que l'inflammation doit être regardée comme une cause assez fréquente de la gangrène ; mais ce n'est pas l'excès de l'inflammation simple, c'est l'engorgement,, la malignité qui l'accompagne, l'étranglement qu'elle suscite quand elle avoisine une partie nerveuse ; ce sont toutes ces causes réunies qui attirent la gangrène. Il faut donc distinguer plusieurs espèces d'inflammations causes de gangrène : parmi celles-là on doit remarquer l'inflammation maligne qui fait périr la partie dès qu'elle s'en saisit. Souvent la couleur de l'inflammation reste long-tems après, de sorte qu'à l'inspection il ne paroît pas que l'inflammation & la vie soient éteintes. Cette observation est importante.

On appelle gangrène sèche, celle qui n'est point accompagnée d'engorgement, & qui est suivie d'un dessèchement qui préserve la partie morte de tomber en dissolution putride.

On en fait deux classes ; les symptomatiques & les critiques.

La cause de cette gangrène attaque d'abord les artères, la preuve en est que dans les amputations des parties

de l'hiſtoire lui a développé les erreurs & les fautes des nations, & il y a vu les cauſes ſucceſſives des révolutions qui ont changé la face du globe. Le ſpectacle de la ſociété actuelle ne lui laiſſe plus rien à déſirer; il va énoncer les véritables loix de la nature enfouies ſous l'amas des ſyſtêmes & des contradictions humaines; pour trouver la vérité preſque toujours il ſuffit d'écarter les erreurs qui la cachent. Dans le monde moral, on marche ſur les débris des opinions humaines, comme dans le monde phyſique ſur les ruines des Villes & des Empires; les ſyſtêmes des Philoſophes, les triomphes des Conqué-

---

mortes, il n'y a point d'hémorrhagie : les nerfs deſtinés pour le mouvement & la vie de cette partie, ſont les derniers où la vie s'éteigne, ce qui ſe prouve par les douleurs qu'éprouvent les malades même lorſque la partie eſt froide, tandis que l'action organique eſt abſolument ceſſée dans les artères; voilà pourquoi ces douleurs ne cauſent pas d'inflammation.

La différence entre une gangrène sèche & la paralyſie, c'eſt que l'une attaque les nerfs, & l'autre l'action organique des artères, &c. *Voyez* le Traité de la Grangrène 1749.

rans, fragiles ouvrages de l'orgueil & de la curiosité de l'homme sont entraînés dans la même nuit; & le tems qui foule aux pieds indifféremment tous ces décombres, efface les vaines opinions de l'homme & confirme les principes de la nature (*); mais ce n'est qu'à l'œil exercé du sage qu'il est donné d'appercevoir cet effet insensible.

Avant d'établir les principes de Quesnay, pour mieux faire concevoir la révolution qu'il a faite dans la morale, parcourons rapidement la chaîne des opinions qui l'ont précédé. Après cet examen peut-être dira-t-on comme un Philosophe déprévenu le disoit dans un tems où il ne pouvoit être soupçonné ni d'enthousiasme ni d'esprit de systême :

» On n'a connu la morale jusqu'à » présent que comme les artisans con- » noissent la langue à peu-près assez pour » l'usage; mais on a été bien éloigné

(*) *Opinionum commenta delet dies, natura judicia confirmat.* Cic.

» d'en connoître les principes & les fi-
» nesses, & de sentir à quel sublime on
» peut l'élever.

Phil. Ap. à tous les ob. de l'esp. & de la rais.

Les anciennes nations avoient l'usage d'envelopper toutes leurs connoissances physiques & morales des voiles du symbole & de l'allégorie, & de dérober ainsi aux hommes par la plus oppressive des tyrannies, la vérité, ce patrimoine commun & inaliénable de l'espèce humaine. Le peu qui nous reste de la morale des Egyptiens se réduit à quelques axiômes-pratiques : adorer les Dieux, ne faire mal à personne, s'exercer au mépris de la mort & à la frugalité ; cette précaution toujours indiquée par les préceptes des anciens sages, dépose contre la barbarie de ces tems où il falloit toujours prévoir les plus grand maux pour n'en pas être surpris.

Zoroastre établit de même des principes qui ont plus l'air d'une règle monastique que du code moral d'une grande nation ; c'est la chasteté, l'honnêteté, la douceur qu'il recommande; fuir le mal

& faire le bien ; mais il n'explique pas ce que c'eſt que le bien, le mal & l'honnête.

Les Grecs eurent de même toute leur ſageſſe en aphoriſmes : chez eux il n'y eut jamais rien de lié ni de démontré ; la chaleur de leur imagination ne ſe prêtoit pas aux combinaiſons d'un ſyſtême. C'eſt Deſcartes qui a donné ce tour philoſophique à l'eſprit humain, & l'Académie des Sciences qui l'a établi & maintenu. Au tems de *Pithée*, dit *Plutarque*, la ſcience la plus à la mode chez les Grecs étoit toute en ſentences & en moralités. Archelaüs qui fut le maître de Socrate, enſeigna publiquement que les loix humaines étoient la ſource du bien & du mal moral : c'étoit nier l'exiſtence du droit naturel & ruiner les fondemens de toute morale.

Plutarch. vit Theſ.

Socrate diſoit : les loix ſont du Ciel, ce qui eſt ſelon la loi eſt juſte ſur la terre & légitimé dans le Ciel.

Il eſt clair que Pithagore n'a porté dans la Grece que la doctrine miſtique, les ſuperſtitions, les jeûnes, la charlatannerie des Prêtres de l'Egypte : les Stoïciens étoient des Moines, les Platoniciens étoient des Théologiens ; toute la morale des anciens étoit monastique, vague, propre peut-être à quelques individus, mais elle n'avoit rien de dogmatique pour une grande société, elle ne portoit point sur des bases évidentes, elle n'établissoit pas les causes des associations d'hommes, & ne donnoit pas les moyens de les maintenir & de les gouverner.

Imitez Dieu, disoit Platon, c'est le souverain bien : la vertu est préférable à tout ; *elle ne s'apprend pas, Dieu la donne.*

La fin de l'homme, suivant les Stoïciens, étoit de conformer sa vie aux loix de la nature ; mais ils n'expliquoient pas davantage ce que c'étoit que les loix de la nature.

Aristote éternellement fameux par sa réthorique & sa poëtique, fit de la morale une métaphysique aride : il y traite froidement de la vertu, & toutes ses déclamations sont moins fortes sur l'esprit de ſes Lecteurs que le plus foible inſtinct moral dans le cœur de tout homme bien né. La vertu, ſelon lui, eſt un certain milieu entre les deux extrémités oppoſées; *l'excès & le défaut* : il s'écrie, comme le Soleil à Phaéton : *Medio tutiſſimus ibis* ; mais qui établira ce juſte milieu ? Il y a deux ſortes de juſtice, ajoute-t-il, l'une univerſelle qui maintient la ſociété par le reſpect qu'elle inſpire pour la loi; & l'autre particuliere qui rend à chacun ce qui lui appartient : Ariſtote établit ici une erreur & un principe vague ; une erreur en ce que la juſtice univerſelle, ſelon lui, fait reſpecter les loix, comme ſi les loix étoient antérieures à la juſtice par eſſence, dont elles ne doivent être que le prononcé ; & quant à rendre à chacun ce qui lui appartient, il a touché la vérité ſans la voir : il eût fondé la doctrine économique s'il eût dit, qu'il faut reſpecter la propriété parce qu'elle eſt la cauſe de la réunion des hommes en ſociété, le fondement de tous les droits & la ſource de tous les devoirs; & s'il eût établi

Méta-morp. lib. 2.

établi les développemens & les démonstrations de ce *principe*.

Démocrite étoit aussi peu avancé dans la connoissance de la morale : on en peut juger par cette sentence tirée de ses secrets. » C'est la Loi qui fait le juste & » l'injuste, le bien & le mal, le honteux » & l'honnête.

Héraclite, en tout l'opposé du Philosophe d'Abdere disoit : « Il y a une Loi » universelle commune & divine, dont » toutes les autres sont émannées « ; mais il ne développoit pas ce profond apperçu, source essentielle & unique de la morale & de la politique.

La science économique est le développement de cette vérité, l'ensemble de ses résultats ; c'est à cette science qu'on doit la généralité de ses applications, & la fermeté de ses conséquences ; mais vraisemblablement Héraclite n'en voyoit pas la fécondité.

Il y eut des sectes entieres de Philosophes, dont la doctrine étoit opposée à toute morale, telle que les *Pirhonniens*

& les *Académiciens*. Des gens qui n'affirmoient rien, qui faisoient profession de douter de tout, ne pouvoient établir aucun principe de morale, aucune règle positive des mœurs : leur vie étoit pure, cependant par l'attrait invincible de la philosophie & contradictoirement à leurs principes. Ne le blâmez point, disoit *Cléanthe*, parlant *d'Arcésilas* ; » il détruit la morale » par ses discours, mais il l'établit par » ses actions «. Cet *instinct moral* de l'homme instruit & sensible qui vit dans le silence de l'étude, ne peut convenir à la multitude des hommes ; il faut éclairer l'esprit par les principes moraux, & que la vertu pratiquée même machinalement puisse être rigoureusement démontrée.

Carnéade le plus subtil des Académiciens ne faisoit pas difficulté d'établir qu'il n'y a point de justice, & *Cicéron* trouva ses sophismes à cet égard si artificieux, qu'il n'osa entreprendre de les combattre.

Cicer. De legib. l. 1. Cicéron, Académicien lui-même, avance dans son livre des loix, qu'il y a un *droit naturel*, une *justice par essence*, indépendante de toutes conventions humaines; mais bien loin de démontrer ce principe sacré de toute justice, il le propose comme une hypothèse nécessaire, mais douteuse, & dont il seroit bien embarrassé d'établir l'incontestabilité.

Comment se peut-il que dans un ouvrage sérieux & profond, on ait eu pour objet de soutenir par une érudition immense ce paradoxe insoutenable, que les anciens ont découvert tout ce dont les Modernes se font honneur, & que la nature tourne toujours sur le même cercle; il semble que c'étoit des fauteurs de pareilles opinions dont parloit *Isocrate* quand il disoit. » Accoutumons les hom» mes & l'envie à entendre louer ceux » qui l'ont mérité, & pardonnons aux » grands hommes d'avoir été nos con» temporains «.

Voyez les découv. des anc. attrib. aux Mod. 2 v. in-8.

Isocr. dans le panégir. d'Evagoras.

On imagine bien que les Arabes, dans le peu de tems qu'ils fleurirent sur la terre, écrasés sous le despotisme, ne cultiverent pas la science des droits & des devoirs de l'homme. Les branches de la Physique occuperent la curiosité de leurs Savans sans allarmer des maîtres jaloux & soupçonneux qui disparurent bien-tôt avec leur Nation. Presque toutes leurs études se bornerent aux livres d'Aristote : Avicenne & Averroës élevèrent au Ciel ce Philosophe, & furent cause peut-être de l'influence qu'il eut sur la renaissance des lettres ; mais ce n'est pas dans ses écrits qu'ils auroient puisé la science de la morale.

La *Scholastique* née aussi vers le huitieme siècle des Commentateurs d'Aristote, sophistiqua la religion sans perfectionner la morale : elle porta dans la théologie les pointilleuses subtilités de la dialectique des Arabes, qui dominoient alors par le génie comme par les armes dans un tems ou l'Occident épuisé par ses anciens triomphes, étoit retombé dans l'ignorance & la barbarie.

La politique, cette morale générale des sociétés, étoit dans le même cahos que la morale particuliere : les nations de l'Orient isolées dans leurs vastes enceintes, ne voyoient rien au dehors & ne régloient rien au dedans; toutes les guerres de l'Asie furent des envahissemens, des abus de la force, où la justice ne fut pas même appellée en prétexte. Des despotes insensés & malheureux, des esclaves foulés & avilis, des nations passant sur la terre & laissant à peine la trace de leurs noms; tel est le spectacle qu'offre l'histoire ancienne.

Les Républiques de la Grece s'agitèrent dans une orageuse liberté, & reçurent leur bonheur en renommée; mais à les examiner sans prévention qui peut lire de sang-froid l'histoire de leurs cruautés dans leurs guerres perpétuelles, l'esclavage où les vainqueurs réduisoient les vaincus, les excès barbares de leurs séditions intestines, leurs disputes sanglantes & continuelles au sujet de la tirannie, le massacre légal des Ilotes, les flagellations souvent jusqu'à la mort des jeunes Spartiates, &c.

Rome conquérante & barbare, réduite

à prendre ses esclaves pour Précepteurs, n'apprit pas deux ce qu'ils ignoroient; sa chûte en fut la peine, & le *monde vaincu fut vengé*. Les nations du Nord ramenèrent les hommes à l'état sauvage, & pendant plusieurs siècles une longue nuit couvrit la terre; il n'y eut ni morale, ni politique. La *chevalerie* fondée sur l'orgueil féodal, sur une piété superstitieuse, & sur une galanterie romanesque, ne fit pas pour les mœurs ce qu'on a cru pendant long-tems (1).

(1) Il suffit de lire les Mémoires sur la Chevalerie & l'histoire des Troubadours, que nous devons à M. *de Sainte-Palaye*, pour juger que leur galanterie n'étoit pas aussi platonicienne qu'on se l'étoit persuadé : à l'égard des mœurs de ce tems, je vais rapporter un trait tiré d'un ancien manuscrit trouvé par le même M. de Sainte-Palaye, & consacré dans les Mémoires de l'Académie des Inscriptions & Belles-lettres : il est intitulé le *Vœu du Héron. Gautier de Mauny* pour se rendre digne des autres Chevaliers, promet à la Sainte-Vierge de mettre le feu à une Ville entourée de marais & bien fortifiée, & d'égorger la garnison : En effet il prit & brûla la ville de Mortagne.

Dans le même poëme la Reine d'Angleterre déclare qu'elle est grosse, & qu'elle n'accouchera point que le projet de guerre qu'on médite n'ait eu son exécution;

A la renaissance des Lettres, il s'en falloit bien que l'esprit humain fût en

---

» Si l'enfant vouloit naître auparavant, dit-elle, je plon- » gerois ce couteau dans mon flanc; perdant ainsi d'un » seul coup mon enfant & mon ame «.

Telle étoit la férocité de ces tems atroces, & l'ignorance de toute morale.

Voici quelques autres passages de leurs *Trouvers* ou *Troubadours* qui établissent suffisamment leur doctrine des mœurs.

» Les premiers statuts de l'honneur, dit Bertrand de » Born, c'est de faire la guerre, de joûter l'avent & le » carême, & d'enrichir le guerrier «.

» Je veux, dit le même dans un autre endroit, que » les hauts Barons soient continuellement en fureur les uns » contre les autres «.

Un autre, Guill. de Saint-Gregory, dit dans un sirvent. » Je ne me sens pas de joie lorsqu'à l'approche des » escadrons je vois les peuples s'enfuir & emporter tous » leurs biens, & une foule de Gendarmes courir après. Je » me plais à voir châteaux assiégés, barrieres rompues.... » Quand on s'est mêlé, que tout homme noble ne songe » qu'à hâcher têtes & bras.... Je n'ai pas tant de plaisir à » manger, boire & dormir, qu'à entendre combattans crier, » chevaux hennir, & voir les piétons tombans dans les fossés, » les cavaliers abatus dans les prairies, & les morts qui ont » les flancs percés de lance avec leurs banderolles, &c. &c. » &c «. Voilà les mœurs barbares de cette loyale chevalerie: si l'on veut rapprocher des mœurs bien ressemblantes quoique bien éloignées, ce sont celles des premiers Grecs encore barbares, telles qu'elles sont peintes dans Tyrtée.

état de produire un systême de Philosophie ; il se réveilloit comme d'un long assoupissement, & avant que de rien imaginer de nouveau, il fallut employer près de deux siècles à lire les anciens, à les expliquer, à les commenter ; le quinzieme & le seizieme siècle ne virent naître que des Lexiques, des Grammaires, des Commentaires. L'étude des Anciens avoit donné un respect superstitieux pour leurs ouvrages ; Aristote & Platon firent Schisme,

---

» Je ne mets point au nombre des grands hommes, celui » qui peut vaincre ses ennemis à la course ou au pugilat ; » quand il auroit la grandeur & la force des Cyclopes, que » son agilité devanceroit le fougueux Aquilon, qu'il seroit » plus beau que Titon, plus riche que Midas & Cy» nirrhe, plus éloquent que ne fut Adraste ; quand il réuni» roit en lui tous les talens, s'il n'a point de valeur, s'il » ne sent point naître dans son cœur le désir d'attaquer » l'ennemi, s'il n'en peut voir couler le sang, il n'est rien : » la valeur est le plus beau présent que les mortels ayent » reçu des dieux ; rien ne fait plus d'honneur à un jeune » guerrier, &c «. Trad. du 1 Chant de Tyrtée par l'Abbé Joannet.

Les Sauvages de tous les tems se ressemblent, il n'y a de différence entre les hommes, que les connoissances & le perfectionnement de la raison.

on étoit bien loin d'imaginer que cent ans après Descartes proposeroit de tout oublier & de tout rapprendre.

Descartes a créé la nouvelle Philosophie, & nous lui devons l'avancement de l'esprit humain, la perfection de toutes les connoissances, & cet esprit Philosophique qui porte l'ordre & la clarté jusque dans les matiers de pur agrément. Mais il ne toucha point à la morale; son esprit qui a tout animé depuis lui, laissa dans le cahos cette science du bonheur de l'homme (*), c'étoit le fruit d'un autre siècle. Hobbes, Machiavel, Bodin, Cumberland, Pufendorf, Grotius, Montesquieu lui-même multiplierent les opinions & les erreurs.

Enfin il est accompli le vœu de l'Orateur Philosophe (1) qui rendit hommage

---

(*) *Si nunc se nobis ille aureus arbore ramus ostendat nemore intanto!* Virg.

(1) Dans la note (*a*) de l'éloge de Descartes, par M. *Thomas*, il s'exprime ainsi :

» Il doit être permis de faire des vœux pour qu'on applique cet esprit (de Descartes) à la législation, & au gouvernement des Etats : l'art de procurer aux sociétés la

aux manes de Descartes; il paroit ce génie attendu depuis tant de siècles, qui ose citer au tribunal de la raison ces coutumes, ces usages que les nations appellent leurs loix, porter le flambeau de l'évidence dans le dédale des opinions incertaines & consacrées, distinguer le droit & l'ordre de la force & de l'arbitraire, & les loix éternelles de la nature des réglemens instantanés de l'homme. Tout est lié dans son système; les propositions s'enchaînent mutuellement; & il résulte de leur ensemble cette démonstration rigoureuse qu'on peut appeller l'évidence.

Tous les hommes veulent être heureux la nature leur en a donné le désir & le droit; mais elle ne leur a pas révélé les moyens d'être heureux; elle a laissé cette découverte à leur raison, comme après leur avoir donné l'organe de la vue elle leur a laissé le soin de perfectionner ce

» plus grande somme de bonheur possible, est une des » branches de philosophie les plus intéressantes, & peut-» être dans toute l'Europe est-elle moins avancée que n'é-» toit la Physique à la naissance de Descartes.

ſens & de l'employer à leurs différens uſages. Tous les déſordres de la ſociété ne ſont occaſionnés que par les erreurs de ceux qui cherchent le bonheur par de fauſſes routes. Quels ſont donc les fondemens de la ſociété ? L'homme a-til des droits ? A-t-il des devoirs ? Par quel chemin peut-il parvenir à la plus grande ſomme de bonheur poſſible ?

L'homme conſidéré dans ſon état, d'iſolement antérieur à toute ſociété, *a droit aux choſes propres à ſa jouiſſance ;* c'eſt le droit de la nature, qui en le formant lui dit de ſe conſerver s'il ne veut ſouffrir & mourir. Ce droit eſt donné à tous, il s'étend à tout ; il ſembleroit par-là devenir un droit idéal, car ce qui appartient à tout le monde, n'appartient à perſonne ; mais il reçoit une condition qui le réaliſe, c'eſt que les productions les plus ſpontanées de la nature ne venant cependant pas d'elle-même ſe poſer ſur les lèvres de l'homme, la poſſeſſion en ſuppoſe la recherche. Voici donc comme doit être poſé ce premier axiome de la loi naturelle : *l'homme a droit aux choſes propres à ſa jouiſſance acquiſes par ſon travail & ſa recherche.* Ceci exclut toute rivalité & prévient toute guerre ; car il eſt plus court de ſe livrer ſoi-même à la recherche, que de riſquer un combat douteux, & cela eſt juſte puiſqu'à cette condition vous deviendrez vous-même propriétaire légitime. A quelque claſſe donc qu'appartienne l'homme naturel, qu'il ſoit chaſſeur, ictyophage ou frugivore ; voilà le premier article de ſon code.

Le travail eſt donc le devoir qui nous aſſure le premier droit naturel, celui de vivre & de nous conſerver ; mais l'inégalité reſpective entre les facultés phyſiques & intellectuelles des individus, rendra leurs conditions fort inégales : il eſt donc de leur intérêt d'entrer en ſociété, & de faire entre eux des conventions de garantie qui aſſurent leur jouiſſance contre l'invaſion, & qui en augmentent l'étendue. Cette inégalité de faculté n'eſt point une injuſtice de la nature ; en nous faiſant le préſent de l'exiſtence elle a modifié ce bienfait comme elle a voulu; dans chaque règne, dans chaque espèce, elle a inégalement distribué les qualités; tous les diamans ne sont pas de la même eau, tous les chênes de la même grosseur, tout les hommes de la même force & de la même intelligence; elle a eu pour cela ses raisons que nous ne pouvons connoître. » L'ordre de la nature » est des Dieux, disoit Hypocrate, ils » font tout, & tout ce qu'ils font est né» cessaire & bien. L'égalité de droit est la seule possible entre les hommes; la véritable cause de nos maux c'est la transgression des loix naturelles. Libres du choix dans toutes nos actions, c'est à notre intelligence à en faire de bons; mais pour y parvenir il faut que cette intelligence soit éclairée de la connoissance des loix physiques qui gouvernent l'univers. Etablissons donc ce principe que tout homme a le droit d'employer à son bien-être toutes les facultés qu'il a reçues de la nature, à condition de ne point nuire aux autres: car sans cette condition, ni lui, ni personne ne feroit aſſuré de conſerver la jouiſſance de ſon droit naturel.

Il n'y a que trois manieres de conſidérer l'état des hommes avant la ſociété ; ou l'homme eſt iſolé, ou il vit en famille dans la compagnie de la femelle, ou en peuplade comme les Sauvages ; dans le premier cas ſeul, il n'a point de rapports, il n'y a pour lui ni juſte ni injuſte ; dans le ſecond commence l'ordre des droits & des devoirs. Chargé comme le plus fort par une convention implicite d'être le chef de la famille pour l'intérêt commun, il doit veiller à ſa conſervation propre & à celle de la petite ſociété, voilà ſon devoir : ſon droit c'eſt d'exiger l'obéiſſance de chaque individu, & ſa coopération en raiſon de ſes moyens. Dans l'état de peuplade ſauvage, la communication des hommes étant inévitable, & cependant des loix poſitives ne les réuniſſant point encore en ſociété ſous l'autorité d'une puiſſance ſouveraine, ils ſont expoſés continuellement aux dangers du brigandage & aux attentats de la force ;

ils commencent par quelques conventions ſur leur ſûreté perſonnelle, car rien ne les intéreſſe plus que de ſe délivrer de crainte réciproquement; ceux de chaque canton ſe voient plus fréquemment, ils s'accoutument les uns aux autres, ils ſe lient par des mariages, & ébauchent ainſi des nations où tous ſont ligués pour la défenſe commune, & où chacun cependant reſte indépendant des autres, & libre avec la ſeule condition de la ſûreté perſonnelle & de la propriété de ſes biens. A meſure que leurs propriétés s'étendront & que les cas ſe multiplieront; il leur faudra des loix poſitives écrites, & une autorité pour les faire obſerver. Ainſi ſe forment les ſociétes ſous la *loi fondamentale de la propriété de la perſonne & des biens*, qui eſt la *raiſon* de toutes *les loix poſitives*, & la *cauſe* de toutes les *réunions d'hommes.* Ainſi la forme des ſociétés eſt plus ou moins parfaite, ſuivant que la propriété eſt plus ou moins étendue: ainſi les hommes qui ſe mettent ſous la dépendance ou plutôt ſous la protection des loix poſitives, & d'une autorité tutelaire étendent beaucoup leur faculté d'être propriétaires, & en conſéquence étendent beaucoup l'uſage de leur droit naturel au lieu de le reſtreindre.

Juſqu'à préſent l'autorité qui gouverne les hommes, quelque forme qu'elle ait priſe de Monarchie, d'Ariſtocratie, &c. les a régis, non pas par le droit naturel des hommes réunis en ſociété, mais par des loix poſitives, d'inſtitution humaine; loix qui encore ont varié ſans ceſſe & paſſé par toutes les viciſſitudes poſſibles.

En ſorte que ceux qui ont conſidéré ſuperficiellement ces changemens continuels, ſe ſont perſuadés qu'il étoit dans la fatalité des gouvernemens, d'avoir, comme les individus mêmes, leurs différens périodes qui aboutiſſent à la deſtruction; mais s'ils euſſent fait attention que cet ordre prétendu dans les révolutions des Empires n'a rien de régulier, qu'elles ſont plus ou moins rapides, plus ou moins accidentelles; ils en auroient conclu que le fataliſme des gouvernemens n'eſt pas

une

une dépendance de l'ordre naturel & immuable. Là où les loix & la puissance tutelaire n'assurent point invariablement la propriété & la liberté (1), il n'y a que domination & anarchie, sous les apparences d'un gouvernement; c'est par l'étude des mouvemens célestes qu'on est parvenu à assurer & diriger la navigation; c'est de même par l'étude des loix physiques de la nature qu'on doit connoître les loix morales qui forment & maintiennent les sociétés. Ce concours des loix physiques & morales constitue la loi naturelle; toutes les Puissances humaines doivent être soumises à ces loix souveraines; elles sont immuables, irréfragables, elles sont les meilleures loix possibles, les plus convenables au bonheur de notre espèce; elles sont par conséquent la base du gouvernement le plus parfait, & la règle fondamentale de toutes les loix

(1) Ce mot a besoin d'interprétation pour qu'on n'en abuse pas : la liberté n'est que l'usage plein & entier de sa propriété, sans blesser la propriété d'autrui; au-delà c'est licence.

positives. Celles-ci ne sont que des réglemens de détail, des applications & des conséquences nécessaires de ces premieres loix.

La premiere loi positive est l'institution d'une instruction publique & privée, dirigée de maniere à faire connoître dans tous leurs rapports les loix de l'ordre naturel. Cette instruction de la nation est nécessaire, parce que la connoissance de l'intérêt commun est le seul lien social. Il faut que les hommes connoissent la mesure de leurs droits pour ne pas exiger davantage, & l'étendue de leurs devoirs pour ne pas se refuser à les remplir. Sans cette instruction tout n'est que ténèbres, confusion, égaremens & désordre; mais avec elle le juste & l'injuste deviennent évident, le droit naturel, l'ordre physique & moral sont connus, l'autorité est éclairée sur les loix positives qu'il convient d'instituer, & la nation instruite y porte une obéissance d'autant plus sûre qu'elle en sent mieux la nécessité. La législation considérée sous ce point de vue n'eſt que la déclaration, que le développement des loix naturelles qui établiſſent l'ordre évidemment le plus avantageux aux hommes réunis en ſociétés. La nature (*) a inſtitué le droit, l'ordre & les loix; l'homme n'y pourroit ſubſtituer que des règlemens arbitraires & la violence (1).

Ces principes du droit naturel une fois poſés, il ne s'agit plus que d'en déduire les réſultats pour l'organiſation intérieure d'une ſociété. Cet ouvrage immenſe reſte à faire, une autre devoit le précéder; il falloit faire voir comment la reproduction des richeſſes, leur diſtribution, leur emploi, ont été marqués d'avance par la nature, & aſſujetis à un ordre qu'on ne peut déranger ſans que les ſociétés en

(*) *Ex natura jus, ordo, & leges; ex homine arbitrium, regimen, & coertitio.* F.Q.

(1) On n'a pu placer ici que la ſubſtance de ce ſyſtême profond, il ſe trouve avec tous ſes développemens dans l'ouvrage qui a pour titre la *Phyſiocratie*, 2 volume in-8°, 1768, & dans un ouvrage plus étendu & plus complet, intitulé *l'Ordre naturel & eſſentiel des ſociétés Politiques*, in-4°.

éprouvent une dégradation progressive : comment les intérêts du Souverain & ceux de la nation sont si étroitement liés que leurs richesses, leurs forces, leurs puissances croissent & décroissent ensemble.

La loi physique est la base des loix morales; c'est de cette première loi qu'elles dérivent toutes : la subsistance de l'homme, les moyens de la produire, ceux de la multiplier, & par elles d'augmenter la population, les forces & les richesses d'une nation. Voilà tout ce code physique.

La terre est la source commune de tous les biens, elle produit tout, & reprend tout pour tout reproduire, c'est à elle qu'appartient l'inscription de la statue d'Isis : *Je suis tout ce qui a été, tout ce qui est & tout ce qui sera; & nul n'a encore levé le voile qui me couvre.* Toutes les choses précieuses auxquelles on a ajouté une valeur arbitraire & conditionnelle, l'argent monnoyé, le papier de change, n'ont réellement qu'une valeur représen-

Plutarch. de Isid. & Osirid.

tative ; ils ſignifient des richeſſes, ils en ſont le ſigne, mais ils ne ſont pas eux-même des richeſſes, comme le total d'un compte qui exprime différentes ſommes ſans être lui-même ces ſommes. Ceux qui poſſèdent ces objets n'en font d'autre uſage que de les échanger contre les biens véritables qu'ils repréſentent ; c'eſt cet ordre de diſtribution que l'eſprit méthodique de Queſnay imagina de peindre dans le *tableau économique*, chef-d'œuvre de préciſion & de clarté qui réunit ſous un ſeul point de vue une foule de vérités abſtraites qui ne ſe rangeroient qu'avec peine dans la tête la mieux exercée.

Pour donner aux hommes la ſubſiſtance qu'ils en attendent, la terre veut y être excitée par des *préparations* & par des *avances*. La ſociété veut auſſi des agents pour l'exercice des arts, & pour toutes les autres fonctions ſociales, ce qui établit naturellement trois claſſes dans la nation, la claſſe *propriétaire*, la claſſe *cultivatrice*, & la claſſe *ſtérile*.

Ceux qui ont fait les frais des défrichemens, les nivellemens, les clôtures, les constructions de bâtimens, &c. en un mot les dépenses nécessaires pour disposer un terrein à la culture, dépenses connues sous le nom *d'avances foncieres*, forment par eux ou par leurs représentans, la classe propriétaire : ils ont une *terre* mais point encore une *moisson.*

Les riches (*) Fermiers qui possèdent un attelier de culture, des chevaux, des instrumens aratoires, des harnois, en un mot tout ce qu'on appelle les *avances mobiliaires* forment la classe cultivatrice. Ce sont eux qui par leurs dépenses sur le fonds des propriétaires lui font produire de riches moissons ; ils sont les véritables Financiers de la nation, ce sont eux qui tiennent entre leurs mains tous ses revenus, & qui en font une distribution prévue, calculée par l'ordre na-

---

(*) *Agricola incurvo terram dimovit aratro,*
Hinc anni labor, hinc patriam parvos que nepotes
Sustinet. . . . .
Aureus hanc vitam in terris saturnus agebat.
Virg. Georg.

turel, & qu'on ne peut intervertir ſans porter atteinte au corps politique.

La troiſieme claſſe qu'on a nommée ſtérile, parce qu'en effet elle ne produit rien, eſt compoſée de tous ceux, quels qu'ils ſoient, qui n'ont point de place dans les deux autres claſſes, Officiers, Magiſtrats, Gens de Lettres, Artiſtes, Artiſans, Rentiers; tous gens ne ſe procurant des revenus qu'à titre d'appointemens, de ſalaire ou de rentes, qui dans le principe proviennent de la claſſe productive.

Cette diſtinction exiſte par la nature même des choſes, indépendamment de celle des perſonnes. Un propriétaire qui fait valoir ſa terre réunit deux caractères différens, & eſt aſtreint à la même diſtribution envers lui-même.

Le Cultivateur dépenſe ſur la terre le fonds de ſes avances, qu'on appelle *annuelles*, & qui conſiſte en nouriture d'animaux, gages de valets, frais de ſemences, journées d'ouvriers, &c. Il uſe & fatigue ſes avances mobiliaires, il faut donc que ſur le revenu de la moiſſon, ſur la *production totale*, il prélève premierement ses avances annuelles pour les reverser l'année prochaine sur la terre, secondement les intérêts de ses avances mobiliaires; le reste il le rend au propriétaire, c'est ce qu'on a nommé le *produit net*, mot fort simple & qui a paru fort étonnant à ceux qui n'ont pas voulu prendre la peine de le comprendre. Puisque les produits de la terre sont en raison des avances, il est clair que d'attaquer les avances du Cultivateur, c'est attaquer le revenu de l'année suivante au détriment de toute la nation. C'est donc sur le produit net que doivent se prendre l'impôt, la dixme & les frais de toutes espèces qui affligent le promoteur des moissons sous le nom de corvées, de milice, &c.

---

(1) Toutes les vérités qui ne sont qu'énoncées ici, sont prouvées & détaillées avec le plus grand soin dans l'ouvrage de M. le Marquis de Mirabeau, qui a pour titre, *Philosophie Rurale* : il est curieux sur-tout de suivre dans le septieme chapitre les profonds calculs par lesquels il établit la dégradation progressive, & enfin la ruine d'une nation dont les avances ont été spoliées.

Pour comprendre cette diſtribution, il faut ſuppoſer que chaque claſſe avoit le fond de ſes avances qui l'a fait vivre pendant l'année : voici l'ordre du renouvellement, il faut l'exprimer par la figure même du tableau.

On ſuppoſe un grand royaume, dont la culture portée à ſa perfection & entretenue par une pleine liberté de commerce & par une entiere ſûreté des richeſſes d'exploitations, donne un revenu de cinq milliards. Ce revenu ſuppoſe un fond de dix milliards d'avances mobiliaires, deux milliards d'avances annuelles, & un milliard pour l'intérêt des avances mobiliaires (1) ; car cet intérêt ſe compte au denier dix pour compenſer les riſques & ſatisfaire à l'entretien des Cultivateurs (2):

---

(1) On a reconnu par les recherches & les expériences les mieux ſuivies dans les provinces de Picardie, Normandie, Beauce, Brie & Iſle de France, qu'il y a une proportion conſtante entre les avances primitives & les avances annuelles en raiſon d'un à cinq,

(2) Cet intérêt ne paroîtra pas trop fort ſi on fait attention aux frais & aux riſques du Cultivateur, à l'entretien des outils aratoires, au renouvellement des chevaux,

il reſte donc deux milliards de *produit net* payés aux propriétaires.

La claſſe des propriétaires reçoit ces deux milliards, & en dépenſe un en *achapt d'ouvrages* à la claſſe ſtérile, & un en *achapt de ſubſiſtance* à la claſſe productive.

La claſſe ſtérile dépenſe ſon milliard en *achapt de matiere premiere* & en *ſubſiſtance* à la claſſe productive.

La claſſe productive a donc vendu pour trois milliards de production, elle en doit deux aux propriétaires pour ſolde de leurs revenus, qui eſt le produit net de l'année courante ; elle en dépenſe un à la claſſe ſtérile en achapt d'ouvrages ; cette claſſe le retient pour le remplacement de ſes avances dépenſées d'abord en achapt de matiere premiere pour la fabrication

---

à celui des troupeaux, aux accidens, comme la grêle, la nielle, les inondations, la mortalité, &c. Si par le défaut des fonds quelques-uns de ces accidens entament les avances du Cultivateur, le déchet ſe trouvera dans la culture & dans le revenu de l'année ſuivante. *Voyez* l'Art. Fermier dans l'Encyclopédie.

de ſes ouvrages, ainſi ſes avances ne lui produiſent rien, elle les dépenſe, elles lui reviennent par la circulation, & elles reſtent toujours en réſerve d'année en année. Les matieres premieres & le travail pour les ouvrages, montent les ventes de la claſſe ſtérile à deux milliards, dont un eſt dépenſé pour la ſubſiſtance des agens de cette claſſe, & il n'y a là que conſommation & point de reproduction; cette claſſe ne ſubſiſte que du payement de ſes travaux, l'autre milliard eſt réſervé pour le remplacement de ſes avances, qui de nouveau ſont employées l'année ſuivante en achapt de matiere premiere à la claſſe productive. Ainſi les trois milliards que reçoit la claſſe productive pour les ventes aux deux autres claſſes, ſont employés par elle au payement d'un milliard d'ouvrage à la claſſe ſtérile.

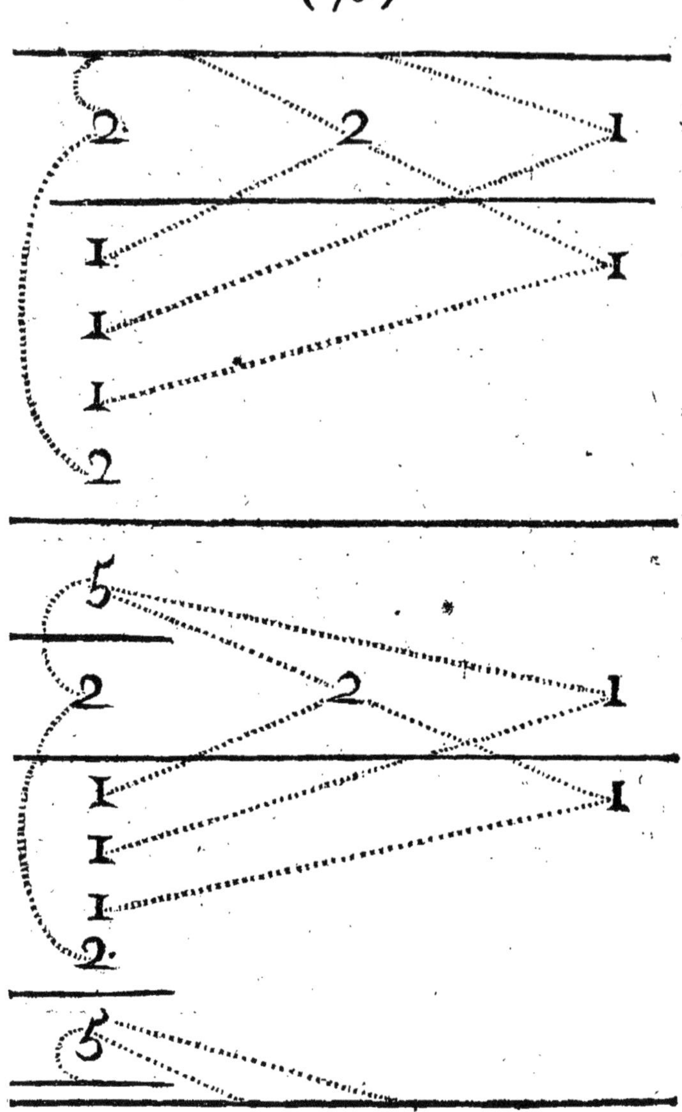

Tel eſt le tableau de cette circulation ; voilà ſa marche exacte quand rien n'y fait obſtruction , quand la liberté du commerce maintient le bon prix des denrées, quand le Cultivateur n'a d'autres charges à payer que le produit net ou le revenu du propriétaire; ce revenu forme les intérêts des *avances foncieres* ou du prix de l'acquisition qui les représente. C'est sur lui que doit être prélevé l'impôt, & non pas sur la production totale, parce que deux terres de même rapport exigeant quelquefois des avances fort inégales, si elles étoient également imposées, les avances se trouveroient grévées par l'impôt dans celle qui demanderoit plus de dépense. En suivant notre hypothèse & supposant pour l'impôt, par exemple, les deux septiemes du produit net de deux milliards, ce seroit 572000000, & avec celui sur les dixmes 650000000, il resteroit aux propriétaires 1144000000, & 286000000 aux Décimateurs; il n'y a pas de maniere de former au Souverain un revenu plus considérable & moins onéreux à la nation.

On appelle cette sorte de formation du revenu public, *l'impôt direct*, par opposition à celle qui au lieu de prendre la part du fiſc à ſa ſource, la ſuit à travers toutes les filieres de la ſociété, ce qu'on nomme *l'impôt indirect*. La plus légère attention ſuffit pour montrer combien celui-ci eſt préjudiciable. L'habitude de ne voir que de l'argent pour ſigne de tous les échanges, nous fait illuſion au point de croire qu'il y a accroiſſement de richeſſe, où dans le fait il n'y a que circulation d'eſpèce. L'argent ne ſe produit pas, quand il eſt dépenſé on n'en reçoit de nouveau qu'à titre de ſalaire, ou échange de l'induſtrie ; en ſuivant de main en main on arrivera juſqu'à celui qui l'a obtenu en échange des produits de la terre : ſi ces ſalaires ſont chargés d'impôts, ils enchériront pour celui qui les paye, il en eſt de même de tous les travaux de l'induſtrie & de toutes les ſources de revenus autres que les productions de la terre, comme les rentes, les loyers de maiſons, &c. Un autre inconvénient de l'impôt indirect eſt de ſe nuire à lui-même ; c'eſt Saturne qui dévore ſes enfans. Dans cette forme de perception le Souverain paye comme les autres le renchérissement des denrées & de la main-d'œuvre.

Le meilleur (1) état possible d'une nation, c'est la plus grande abondance de ses productions, & leur plus grande valeur vénale occasionnée par la plus grande liberté du commerce. Dans les calculs du tableau nous n'avons considéré la nation que commerçant sur elle-même ; le commerce étranger ne change rien aux principes à cet égard : de quelque façon que ce soit, le commerce est un échange de valeur pour valeur ; l'éloignement des premiers vendeurs les oblige d'employer l'entremise des Commerçans ; ceux-ci achetent le moins cher & vendent le plus cher qu'ils peuvent. Il est donc clair que leur intervention est à la charge du commerce, qu'il tend à diminuer les prix dans la main des Cultivateurs, pour l'augmenter dans la leur. Il ne faut donc

(1) Sur la liberté du commerce & sur-tout de celui des grains. Voyez les articles grains & Fermiers dans l'Encyclopédie.

pas confondre l'intérêt de la nation avec celui de ses Commerçans, & sentir que ce n'est que par la concurrence universelle qu'il est possible de remédier aux déchets qu'ils mettent dans le prix de leurs achats, & au surhaussement qu'ils causent dans leurs ventes. La liberté du commerce tant intérieur qu'extérieur, est une conséquence nécessaire du droit de propriété; elle établit la plus grande concurrence entre les acheteurs & les vendeurs; conséquemment elle établit sans violence pour une nation le prix le plus avantageux aux uns & aux autres, ce qui favorise également la culture & l'industrie, & porte au plus haut point le revenu des particuliers, celui du Souverain, la population & tout ce qui constitue la force, la puissance & la prospérité d'un grand empire.

C'est une vieille erreur politique que de s'inquiéter de ce que deviendra l'argent dans le commerce; de vouloir vendre beaucoup & acheter peu, afin de déterminer en sa faveur ce qu'on appelle la *balance du commerce*, c'eſt-à-dire l'avantage de conſerver plus d'argent. La véritable balance du commerce, c'eſt la plus grande abondance des productions territoriales : avec elle l'argent rentrera ſuffiſamment. Que deviendroit une nation qui au-lieu de répandre l'argent ſur la terre pour la féconder, formeroit un grand tréſor, & ſe réſerveroit ainſi le ſtérile avantage de la balance numéraire ? Elle auroit le ſort de ce Roi qui fut obligé de demander aux Dieux de le délivrer du don funeſte qu'il en avoit reçu de changer en or tout ce qu'il touchoit.

On a été de même dans la plus grande erreur relativement à l'induſtrie & aux arts ; on les a regardés comme productifs, parce qu'ils achettent bon marché les matieres premieres, & qu'ils les vendent cher quand elles ſont ouvrées ; d'où l'on concluoit qu'ils ajoutoient une ſeconde valeur à la premiere, & ſur ce principe erroné on a vu le gouvernement d'un fameux Miniſtre tendre à l'encouragement & à la proſpérité des manufactures, aux dépens des productions territoriales qui sont les véritables richesses. Cependant observons la marche de l'industrie ; avec quinze sols de fil elle produit pour quinze cens francs de dentelle; avec cent écus de laines, elle fait une hautelisse de douze mille francs ; qu'y a-t-il dans ces deux derniers prix en derniere analyse ? quinze sols d'une part, & cent écus de l'autre; plus la nourriture, le logement & l'entretien des Ouvriers pendant le tems de la fabrication. Ils auroient fait cette même consommation s'ils avoient été employés à un ouvrage productif; le seul avantage qui résulte de leur stérile occupation, c'est qu'ils économisent les frais du transport en donnant une grande valeur à un petit volume; c'est qu'ils consomment auprès de la production à laquelle leur consommation donne encore de la valeur : il faut donc encourager, protéger, l'industrie, le commerce, les arts, & les manufactures; mais à cause de l'agriculture ; & jamais en leur immolant la nourrice de l'État. Ne leur point donner d'entraves, ne les point ſoumettre à l'impôt; immunité, liberté, c'eſt tout ce qu'ils ont à prétendre, & beaucoup plus qu'ils n'oſent eſpérer.

Les bornes que nous nous ſommes preſcrites nous interdiſent plus de développement; tel eſt le précis bien abrégé du ſyſtême politique de cet homme extraordinaire qui pouvoit, comme *Bacon*, léguer ſon nom à la poſtérité en proteſtant contre les jugemens ſuperficiels & prématurés des contemporains. Quel eſt l'homme de génie qui fut apprécié par ſon ſiècle? Depuis la ſcience la plus profonde juſqu'à l'art le plus frivole, quel eſt l'inventeur qui fut honoré de ſon vivant (*)? L'inquiſition alluma ſes bûchers contre *Galilée*, *Colomb* fut traité d'inſenſé par deux ou trois Cours de l'Europe, *Harvey* fut contredit & méconnu toute ſa vie, *Rameau* trouva des oppo-

(*) *Ploravère ſuis non reſpondere favorem*
Speratum meritis. . . . . . .

Horat.

ſitions inſurmontables de la part des Partiſans de *Lulli*; ſon ſyſtême, *dit un Philoſophe*, étoit le neutonianiſme de la muſique. Lully avoit trouvé les mêmes oppoſitions; on étoit accoutumé avant lui à une ſorte de pſalmodie en notes longues, & on ſe plaignoit que par ſes airs de ballet, *il alloit avilir la dignité de la danſe*! Nous avons vu les mêmes obſtacles oppoſés à la muſique Italienne. Dans tous les tems (*) les cris de l'ignorance & de l'envie ont effrayé l'homme ſupérieur; le premier qui fit une découverte fut ſans doute le premier qui eut un envieux.

Voyez les Réflex. ſur la Poëſ. & la Peint. de l'Abbé du Boſ. & l'Eſſai ſur l'orig. des Connoiſ. hum. de Condillac.

L'obſcurité, avouons-le, fut ſouvent un défaut de Queſnay, Deſcartes & Newton (1) avoient eſſuyé le même repro-

(*) *Æternum latrans exſangues terreat umbras!* Virg.

(1) Ce livre (Neutonii, Philoſ. Natur. princ. Mathém.) où la plus profonde géométrie ſert de baſe à une phyſique toute nouvelle, n'eut pas d'abord tout l'éclat qu'il méritoit & qu'il devoit avoir un jour. Comme il eſt écrit très-ſçavament, que les paroles y ſont épargnées, qu'aſſez ſouvent les conſéquences y naiſſent rapidement des principes, & qu'on eſt obligé de ſuppléer de ſoi-même tout

che. Il eſt commun à preſque tous les hommes de génie. S'élançant par bonds comme les courſiers du Soleil, (*) ils négligent de marquer toutes les idées intermédiaires, points d'appui néceſſaires à notre foibleſſe; auſſi l'homme de génie planant ſur la tête de ſes ſemblables, n'étoit intelligible qu'au petit nombre de ſes pareils. Deſcartes écrivant *ſa méthode*, n'avoit que trois hommes en Europe qui l'entendiſſent.

L'impartiale poſtérité rendra juſtice au

---

l'entre-deux ; il falloit que le public eût le loiſir de l'entendre ; les grands Géomètres n'y parvinrent qu'en l'étudiant avec ſoin, les médiocres ne s'y embarquerent qu'excités par le témoignage des grands ; mais enfin quand le livre fut ſuffiſamment connu, tous les ſuffrages qu'il avoit gagnés ſi lentement éclaterent de toutes parts & ne formerent qu'un cri d'admiration. Tout le monde fut frappé de l'eſprit original qui brille dans l'ouvrage, de cet eſprit créateur, qui dans toute l'étendue du ſiècle le plus heureux, *ne tombe en partage qu'à trois ou quatre hommes pris dans toute l'étendue des pays ſavans.*

Fontenelle, éloge de Newton. Voyez les Mém. de l'Académie des Sciences.

(*) *Sponte ſuâ properant labor eſt inhibere volentes.*

Ovid. Métamor.

génie de Quesnay; comme les amis *d'Anaxagore*, elle élévera sur son tombeau deux autels, l'un *au bon sens* & l'autre *à la vérité*; mais s'il étoit possible que son nom se perdît dans la nuit des tems, ses principes vivront à jamais parmi les hommes; (une fois trouvé, le fil de la vérité ne peut se rompre) ils deviendront la règle des sociétés, & l'on comptera pour une des impostures de l'histoire, que ce systême si simple, si démontré, ait pu recevoir des contradictions.

Ælian. hist. div. l. 8.

En effet on peut dire des ennemis des *Economistes*, ce que *l'Abbé Terrasson* disoit des partisans outrés des anciens : *les plus ardents sont ceux qui ne les ont pas lûs.* L'irritabilité de l'amour-propre, la paresse d'examiner des motifs peut-être moins désintéressés encore, grossisent la foule de leurs détracteurs; mais la vérité ne connoit point d'obstacles, elle filtre lentement au travers des siècles, comme ces vapeurs Aëriennes qui tamisées par les montagnes, se montrent ensuite dans les vallons, humbles sources qui serpentent

& murmurent parmi les fleurs ; ce sera bientôt le Danube ou le Rhin, dont les eaux majestueuses répandront dans les campagnes les richesses & l'abondance ; la force de la vérité augmente de même avec les âges, & finit par entraîner tous les suffrages. Méconnue d'abord & avilie par l'ignorance & par l'envie, elle commence à être reçue par la jeunesse désintéressée, dont l'ame sensible & neuve cherche avidemment des connoissances nouvelles, & n'a point de vieux préjugés à détruire ; bien-tôt elle est adoptée par ceux mêmes qui ne seroient pas en état de la démontrer, elle passe enfin en préjugé jusqu'au peuple ; c'est ainsi que la circulation du sang, le mouvement de la terre, l'existence des Antipodes sont aujourd'hui les opinions courantes de la multitude. Que devient cependant l'homme de génie, qui le premier trouva cette vérité féconde ? Il ne repose point sa tête à l'ombre de ce grand arbre dont il enterra le pepin ; il fut envié, persécuté, mais il a trouvé dans son cœur un prix immenſe ; malheur à l'ame glacée qui n'éprouva pas une fois le plaiſir ineſtimable de découvrir la vérité, ou même de la recevoir (1).

S'il y eut jamais une homme dont on pût dire que la chaîne de ſes penſées forme l'hiſtoire de ſa vie ; ce fut Queſnay. Chez la plupart des hommes la foibleſſe du caractère ou le défaut d'étendue dans l'eſprit, placent en oppoſition les ſentimens du cœur, les jugemens de l'eſprit, & les délicateſſes de l'amour-propre ; leur caractère eſt une moſaïque, mais cette ame privilégiée avoit été formée par la nature comme d'un ſeul jet. *La méthode* fut le caractère propre de

---

(1) Entre tous les biens que l'homme puiſſe poſſéder, diſoit *Jordano Bruno*, connoître eſt un des plus doux ; c'eſt le même qui condamné par l'inquiſition pour avoir avancé l'hypothèſe très-vraiſemblable de la pluralité des mondes, diſoit à ſes Juges : *Majori forſan cum timore ſententiam in me dicitis quàm ego accipiam.* Voilà l'eſprit ſéditieux des Philoſophes. *Jordano Bruno*, a été brûlé & ſon opinion prévaut aujourd'hui parmi les Aſtronomes. *Et dubitant homines ſerere, atque impendere vitam !*

Voy. l'hiſt. des dog. & opin. Philoſ.

ſon eſprit, *l'amour de l'ordre* fut la paſſion dominante de ſon cœur. Voilà l'origine de ſes découvertes; voilà la ſource de ſes vertus. Dur à lui-même, mais ſenſible à l'excès pour l'humanité ſouffrante; une action généreuſe lui arrachoit des larmes (1) : jamais homme ne fut plus contredit, ſes nombreuſes découvertes lui ſuſciterent une foule d'adverſaires; & jamais homme ne porta moins d'aigreur dans la controverſe : il diſcutoit toujours

---

(1) On ne ſent à ce point le prix d'une belle action que quand on eſt ſoi-même en état de la produire : *Thémiſtocles* étoit le ſeul qui pleurât devant la ſtatue de *Miltiade.*

Dans le tems où les bontés de Madame de Pompadour donnoient à M. Queſnay un crédit qu'il n'employa jamais pour lui : un homme vint le prier de lui faire obtenir d'elle une recommandation pour une affaire qui l'intéreſſoit fort, M. Queſnay l'obtint ; l'affaire décidée en faveur de ſon protégé, M. Queſnay apprit que la partie adverſe étoit fort gênée pour payer *mille écus* qui étoient le fond de la conteſtation ; ſa délicateſſe s'allarma de la ſimple poſſibilité d'être la cauſe fort occaſionelle de ſon mal-aiſe, il lui fit remettre les mille écus.

Un ancien Philoſophe eſt fort admiré pour avoir dit *dans un cas douteux, abſtiens-toi;* l'action que je rapporte me ſemble paſſer de beaucoup cet axiôme ſtoïque.

pour l'intérêt de la vérité, mais jamais il ne disputoit pour l'intérêt de ſon amour-propre ; le calme de ſon ame s'annonçoit par la ſérénité de ſon viſage & la gaieté de ſon eſprit que les douleurs les plus vives n'altérèrent jamais : il ſouffroit tranquillement les infirmités de ſa vieilleſſe, *& n'y voyoit*, diſoit-il, *que l'opération lente de la nature qui démoliſſoit des ruines*. L'obſervation de la nature lui étoit devenue une habitude ; ne ſe preſſant jamais de parler, écoutant tranquillement, il rapprochoit par une opération intérieure très-vive tout ce qu'il venoit d'entendre, & ces fragments s'éclairant mutuellement, il ſuppléoit les lacunes avec une ſagacité merveilleuſe, & connoiſſoit à fonds l'homme qui croyoit l'avoir entretenu légérement d'un ſujet indifférent. Lui parliez-vous d'une ſcience, d'un art, dont ſouvent il n'avoit qu'une légère teinture ? l'ordre qu'il mettoit dans vos idées vous les éclairciſſoit à vous-mêmes ; il en réſultoit ſouvent de nouveaux apperçus, & il n'y avoit perſonne qui ne crût, en le quittant, avoir été enrichi par lui de connoiſſances que ſouvent lui-même n'avoit pas : effet précieux & ſingulier de l'eſprit de méthode. Il pouſſoit juſques dans la logique ce principe de laiſſer opérer la nature, & ne ſe hâtant pas d'établir dogmatiquement ſon opinion, il vous amenoit par une ſuite de queſtions bien ménagées à poſer vous-même comme conſéquence ce qu'il vous auroit donné pour principe; c'étoit la marche des dialogues de Platon. Oppoſé comme Socrate à la foule des Sophiſtes, il avoit ſon *ironie*, & ſembloit comme le fils *de Sophroniſque*, avoir fait ſon étude particuliere de l'art *d'accoucher les eſprits*. Il eſt étonnant combien la nature avoit mis de rapport entre ces deux hommes, dont l'hiſtoire eſt celle de la morale. On trouvoit à Monteſquieu la figure de Cicéron, tel que les marbres nous le repréſentent ; Queſnay avoit exactement la figure de Socrate tel que nous l'ont conſervé les pierres antiques; comme ſi la nature fidèle à un plan d'analogie attachoit conſtamment certaines qualités de l'ame à certains traits de la physionomie ; la candeur de son ame lui donnoit une sorte de simplicité qui n'étoit pas comme dans *la Fontaine la bêtise du génie* ; ses naïvetés étoient des vérités profondes cachées sous l'apparence d'un tour ordinaire & commun (1).

(1) M. le Dauphin, pere du Roi, qui l'honoroit d'une bonté & d'une considération particuliere, lui disant un jour comme il entroit dans son cabinet. » M. Quesnay, » c'est chasser sur vos terres, nous parlons *économie*, nous » nous promenons dans les champs «. *Monsieur*, répondit l'ingénieux Philosophe, *vous vous promenez dans votre jardin, c'est-là que croissent les fleurs-de-lys.*

Le même Prince disant un jour devant lui, » que la » charge d'un Roi étoit bien difficile à remplir «. *Monsieur je ne trouve pas cela*, dit M. Quesnay. — » Eh que » feriez-vous donc si vous étiez Roi ? — *Monsieur je ne ferois rien.* — Et qui gouverneroit ? — *Les Loix.*

Dans un tems d'agitations causées par le choc de la puissance Civile & de la puissance Ecclésiastique, il se trouvoit chez Madame de Pompadour un homme en place qui voyoit combien ces disputes fatiguoient la Cour, proposoit des moyens violens, & disoit : *C'est la Hallebarde qui mène un Royaume.* M. Quesnay surpris de cette assertion, osa lui dire : *Monsieur, & qui est-ce qui mène la Hallebarde ?* On attendoit, il développa sa pensée ; *c'est l'opinion, c'est donc sur l'opinion qu'il faut travailler.*

Tel fut le caractère de ce grand homme : sa vie ne fut qu'une action conti-

---

Cet avis modéré fit impression & peut-être épargna-t-il bien des maux.

Qu'on ne taxe donc point d'ambition le Philosophe qui vit à la Cour des Rois, il y est *le résident de la nation ;* & le contre-poids des flatteurs. C'est ainsi que *Platon* vécut à la Cour de *Denis de Syracuse*, & *Aristote* auprès *de Philippe* & *d'Alexandre.*

Après une consultation fort importante sur une tête précieuse, un Médecin fameux dont l'avis avoit prévalu quoiqu'avec beaucoup d'opposition, le vint voir, la goutte le retenoit chez lui ; le Médecin qui vouloit s'autoriser de son opinion la lui demanda ; mais lui, saisissant l'esprit de cette déférence, & n'approuvant pas l'avis qui avoit passé, en quoi il fut justifié par l'évènement, se contenta de répondre. » Monsieur, j'ai mis aussi à la lotterie quelquefois » mais jamais quand elle étoit tirée «.

Après la petite vérole de M. le Dauphin, le feu Roi qui aimoit M. Quesnay & qui l'estimoit beaucoup, lui donna des lettres de noblesse que le Philosophe n'avoit pas demandées. Il y a des hommes dont le nom est un titre, & qui honorent les honneurs mêmes. A peine sçait-on aujourd'hui que Descartes étoit gentilhomme, & la gloire de Sully est fort indépendante de la Pairie & du bâton de Maréchal de France. M. Quesnay pria le Roi ingénuement de lui choisir aussi ses armoiries, & ce Prince qui avoit de la grace dans l'esprit, & qui avoit coutume de le nommer *le Penseur*, lui donna trois fleurs de pensées en champ

nuelle. Dans ſes dernières années il avoit entrepris de pouſſer juſques dans les abſtractions de la Géometrie & indépendamment de tout calcul, l'évidence qu'il avoit établi dans la Métaphyſique & la Morale. Il donna l'explication de pluſieurs problêmes qui élevèrent des diſputes que le monde ſavant jugera. Une obſervation qu'on ne doit pas négliger, c'eſt que le Philoſophe *Hobbes* avoit eu les mêmes idées que lui; ainſi l'autorité de ces deux hommes de génie peut au moins balancer quelque tems cette déciſion importante (1). Ce fut le dernier effort de cet

Voyez l'article évidence dans l'Encyclopédie, & les rech. philoſ. ſur l'évid. des vérités géomet.

d'argent, à la face d'azur, avec cette légende au cimier *Propter cogitationem mentis.*

Ce fut preſque la ſeule grace qu'il reçut de la Cour, car on ne peut pas regarder comme tels les emplois qu'il eut où il fut utile à tout le monde, excepté à lui-même; auſſi quoique vieux & après une longue faveur, il eſt mort ſans fortune, n'ayant qu'un léger argent comptant qui circuloit toujours entre ſes amis qui pouvoient en avoir beſoin.

L'Académie de Chirurgie lui a accordé ſeul avec M. *Petit*, l'honneur de voir ſon portrait placé de ſon vivant dans la ſalle du Conſeil.

(1) *Hobbes* croyoit la géométrie défigurée par les parallo-

esprit infatigable; accablé d'infirmités, & ne conservant presque plus que sa tête, il sortit de la vie, suivant le mot d'un ancien Poëte (*), comme d'un festin, sans dégoût, mais sans regret.

Théophraste presque centenaire, écrivant ses livres moraux (1), se plaignoit que la nature eût donné si peu de jours à l'homme pour méditer & pour écrire, tandis qu'elle accorde à quelques espèces inférieures un inutile prolongement de la

---

gismes: la plupart des problêmes, tels que *la quadrature* du cercle, la *trisection* de l'angle, la *duplication* du cube, n'étoient insolubles selon lui, que parce que les notions qu'on avoit du rapport de la quantité, du nombre, du point, de la ligne, de la surface & du solide, n'étoient pas les véritables, & il s'occupa à perfectionner les mathématiques dont il avoit commencé l'étude trop tard, & qu'il ne connoissoit pas assez pour en être le réformateur.

Voyez l'Hist. des Dog. & des Opin. Philos. T. 2.

(*) *Cur non ut plenus vitæ conviva recedis?* Lucret.

(1) *Theophrastus moriens accusasse naturam dicitur, quod cervis & cornicibus vitam diuturnam, quorum id nihil interesset, hominibus quorum maxime interfuisset, tam exiguam vitam dedisset; quorum si ætas potuisset esse longinquior, futurum fuisse ut omnibus perfectis artibus, omni doctrinâ hominum vita erudiretur.* Cicero. Tuscul. Cap. 28.

Il est mort les derniers jours de Décembre 1774 dans sa quatre-vingtieme année.

vieilleſſe. La vie de Queſnay longue, ſuivant le cours ordinaire des choſes, plus longue ſi vous la meſurez par la multitude de ſes penſées & le nombre de ſes découvertes, fut trop courte encore pour ſon ame patriotique. Il n'a point vu regiſtrer cette Loi juſte & ſalutaire qui aſſurant la liberté du commerce des grains, garantit aux cultivateurs la propriété de leurs richeſſes, & promet à la Nation une abondance que l'intempérie même des ſaiſons ne pourra plus déranger, lorſqu'une fois la confiance des cultivateurs & des négocians ſera entiérement établie. A peine a-t-il pu voir à la tête de la fortune publique un homme ſimple & ſublime, qui joint à la vaſte intelligence de l'homme d'Etat, la tendre ſenſibilité du Philoſophe; ennemi de tout eſprit de parti, ſupérieur à toutes les ſectes, choiſiſſant dans chacune les ſemences éparſes de la raiſon univerſelle, & dont la modération auroit créé *l'éclectiſme* (*); dépoſitaire de la confiance du

(*) Les Eclectiques étoient une ſorte de Platoniciens qui

Prince,

Prince, dépositaire de celle de la Nation ; (titres rares à réunir !) & dont ses ennemis mêmes, puisque c'est le sort de la vertu d'en avoir (1) ; dont les ennemis, les gens sans connoissances ou sans probité, respectent les mœurs, louent les intentions, & croyent seulement déprimer les vues en les traitant *de système* (2). Ils ignorent donc qu'un système

---

choisissoient dans chaque Secte ce qu'ils croyoient vrai sans apartenir à aucun chef de Sectes ; leur nom vient *ab Eligendo.* Voyez l'Hist. de la Philos. de Brucker.

(1) » Les titres & les terres de Sully ont passé à ses » descendans ; ses vertus sont un héritage qui appartient » à tout le monde, il est à celui qui osera s'en saisir : » qui parmi nous aura ce courage ? *S'il en est un*, qu'il » ne s'attende point aux douceurs d'une vie tranquille, & » à cette faveur populaire qui est l'idole des ames foibles. » Il faut qu'il sache qu'un grand Ministre est la victime » de l'Etat, & que l'art de faire le bien, n'est que trop » souvent l'art de déplaire aux hommes ; mais s'il est di- » gne de sauver la patrie, il aura d'autres récompenses » qui peut-être méritent d'être comptées : il aura, comme » *Sully, le suffrage des vrais citoyens*, l'admiration des » grandes ames, le témoignage honorable de son propre » cœur, les justes éloges de la postérité, & le regard » de l'Etre éternel «. Voyez *l'éloge de Sully*, par M. Thomas.

(2) » Un système n'est autre chose que la disposition

est un corps d'opinions disposées avec ordre, & qui concourent dans leur ensemble à former une démonstration : c'étoient des hommes à systême ce *Descartes* qui recréa l'entendement humain, ce *Newton* qui nous donna l'analyse de la lumiere & les loix de la constitution du monde : *le grand Sully fut de même un homme à systême*, en butte aux calomnies de la Cour, aux fureurs des Traitans, à l'ingratitude d'une Nation qu'il rendoit heureuse; aujourd'hui du moins la Cour & la Nation se montrent justes, *& l'intérêt* seul se refuse à la vérité ; mais elle m'entraîne mal-

---

» des différentes parties d'un art ou d'une science dans un » ordre où elles se soutiennent toutes mutuellement, & » où les dernières s'expliquent par les premières : celles » qui rendent raison des autres s'appellent principes, & » le systême est d'autant plus parfait, que les principes » sont en plus petit nombre ; il est même à souhaiter » qu'on les réduise à un seul «. Voyez le *Traité des Systêmes*, par M. l'Abbé de Condillac.

Un homme à systême est donc un homme à principes, & le *Systême économique* est donc très-parfait, car il porte tout entier sur un principe unique : *la Loi de propriété.*

gré moi; une plume fière & libre, qui ne fait qu'écrire d'avance les jugemens de la postérité, craint jusqu'au soupçon de la flatterie.

Quand un éloge public fut décerné à *Descartes* par la premiere Compagnie Littéraire de l'Europe, un siècle s'étoit écoulé depuis sa mort, & son génie *avoit fait son effet.* L'envie contemporaine étoit éteinte, les préjugés ennemis étoient dissipés, l'esprit de Descartes animoit tout, éloquence & philosophie. Il s'en faut bien que nous écrivions dans des circonstances si favorables : c'est dans cent ans qu'il faudra prononcer *l'éloge de Quesnay*, alors ses principes confirmés par de longs exemples, sa mémoire consacrée par une antique vénération, ses envieux & ses panégyristes confondus dans la même poussière, qu'il se lève un Orateur digne de son sujet! qu'il présente à une plus heureuse postérité le spectacle des désordres & des injustices passées, les hydres de la fiscalité, l'incertitude dans la justice, l'arbitraire dans la politique, la

Voyez la philos. aplic. à tous les obj. de l'esp. & de la raison, &c. L'éloge de Descartes par M. Thomas.

lumière paroissant enfin dans les écrits d'un homme privé & dissipant les horreurs du cahos, les Souverains éclairés, des Nations réunies au trône, un grand Prince s'honorant d'être le disciple d'un grand homme (1), rédigeant lui-même la science économique pour l'instruction de ses enfans, & l'appliquant au bonheur de son peuple; l'antique Etrurie, (*) fameuse autrefois par ses superstitions, & les essais grossiers de quelques artistes barbares, embellie un moment par les Médicis, célèbre & fortunée aujourd'hui par la politique éclairée de son jeune Souverain; l'héritier *des Gustaves*, conquérant & législateur, effaçant par la réputation naissante de ses vertus & de ses talens une renommée voisine qui ne fut que grande, & la Nation *des Goths & des Vandales*, mémorable effroi du Peuple Romain, désormais l'exemple des Nations justes &

(1) Voyez l'Abregé des principes de l'Economie Politique, par S. A. S. Mgr. le Margrave, régnant de Bade, à la tête du 1 volume des Ephémerides du Citoyen, année 1770.

(*) Les Etats du Grand-Duc de Toscane.

heureuſes : une révolution générale dans tous les eſprits animant l'Europe du Nord au midi, & tournant tous les yeux & tous les cœurs vers les *principes démontrés de la morale & de la politique ;* telle eſt l'influence du génie ſur les opinions humaines, & le poids d'un ſeul homme dans la balance des Nations. Heureux l'Orateur qui ſe trouvera maître d'un tel ſujet, & qui n'ayant point à ménager l'amour-propre délicat des contemporains, pourra payer ſans contrainte & ſans réſerve un tribut de louanges ſi méritées ! puiſſe-t-il arracher des pleurs à la génération fortunée qui doit l'entendre, puiſſe-t-il, échauffant tous les cœurs de l'enthouſiaſme de la vertu, allumer l'étincelle du talent dans quelqu'homme de génie que la nature doit encore au bonheur du monde ! mais en faiſant oublier ce foible eſſai qui ne fut recommandable que par le ſentiment qui l'a dicté, peut-être il m'enviera d'avoir été le contemporain & le diſciple de ce grand homme, d'avoir ſerré dans mes mains la main ſublime qui écrivit le code de l'humanité, d'avoir laissé tomber une larme sur sa cendre à peine éteinte !

Apud priores....... quisque........ ad prodendam virtutis memoriam, sine gratiâ, aut ambitione, bonæ tantum conscientiæ pretio ducebatur.

Tacit in Agric.

FIN.

www.ingramcontent.com/pod-product-compliance
Ingram Content Group UK Ltd.
Pitfield, Milton Keynes, MK11 3LW, UK
UKHW020356230726
13925UKWH00003B/1144